桂冠世界文學名著

總策劃／吳潛誠

102

霍格里耶

妒

劉光能　譯／導讀

霍格里耶（右）童年時與祖父（中）及姐姐（左）合影。
當時的小男孩通常都裝扮得像小女生。

1950年，農學院背景的霍格里耶正以蕉害專家的身分在法屬海外地區工作；不久，反倒是本人因病去職。他在搭船返國的漫長旅途中寫下小說《橡皮》，首度獲得出版的機會；幾年以後，滯留馬丁尼格所住蓋有陽台的木屋，也隨著香蕉園一併寫進代表作《妒》書裡。照片上，定影的是即將誕生的大作家，基於偶然，由於過去的人生規劃好比自己的作品中常見的情節一樣滑出原軌，所以誕生的大作家。

開啓法國「新浪潮」電影的導演之一雷奈驚見《妒》書的獨特風格，於是力邀寫出赫赫有名的《去年在馬倫巴》。這部影片的創意其實完全來自無師自通、憑直覺閉門造車寫出分鏡劇本，並且寫得全片已經躍然紙上的原作者。而進一步鞏固雷奈的國際地位之餘，也連帶觸動霍氏本人自編、自導的慾望，從此平行展開文學與電影創作的雙重生涯。

這張照片攝於「子夜出版社」門前，曾經被世界上無數的報刊引用過，無意中讓人誤以爲幾位「新小說」作家果眞時常聚會、自立門派。而實際上那是59年在義大利《快報》的記者促成之下，幾人第一次也是唯一的一次聚會，當時並無特殊預期所拍成的歷史鏡頭。由左至右是「教皇」霍格里耶、西蒙（85年諾貝爾文學獎得主）、莫里亞柯（同名小說家的作家兒子）、出版人藍東、班傑、貝克特（69年諾貝爾文學獎得主）、薩侯特、歐里葉。

對於霍格里耶的崛起，羅蘭巴特的影響無人能比。羅蘭巴特率先引用自創的「零度書寫」的概念詮釋霍氏的作品，當作劃時代的文學革命加以推崇，不過也因而引起愛之／惡之的讀者雙方以及唯物／唯心兩派詮釋者的混戰。1977年，兩人在一場以霍格里耶爲主題的國際十日會議期間合影。

沈思中的霍格里耶。

觀覽寰球文學的七彩光譜

——《桂冠世界文學名著》彙編緣起

吳潛誠

早在一八二七年，大文豪歌德便在一次談話中，提到「世界文學」（Weltliteratur）詞，並宣稱全球五大洲的文學融會成一體的時代已經來臨。他說：

> 我喜歡觀摩外國作品，也奉勸大家都這樣做。當今之世，談國家文學已經沒多大意義；世界文學紀元肇生的時代已經來臨了。現在，人人都應盡其本分，促其早日兌現。

歌德接著又強調：文學是世界性的普遍現象，而不是區域性的活動。因此，喜愛文學的人不宜劃地自限，侷促於單一的語言領域或孤立的地理環境中，譬如說，德國人不可只閱讀德國文學，英國人不應只欣賞英文作品；相反的，人人都應該從可以取得的最優秀作品中挑選材料，作爲自己的文學教育；而天下最優秀的作品自然未必全出自自己同胞之手。歌德心目中的世界文學不啻是全球文學傑作的總匯，衆所公認的經典作家之代表作的文庫。

那麼，什麼是經典作家？或者，什麼是經典名著的認定標準呢？法國批評家聖·佩甫

（Charles－Augustin Sainte－Beuve，1804～1869）在〈什麼是經典〉一文中所作的界說可以代表傳統看法：

> 眞正的經典作者豐富了人類心靈，擴充了心靈的寶藏，令心靈更往前邁進一步，發現了一些無可置疑的道德眞理，或者在那似乎已經被徹底探測瞭解了的人心中，再度掌握住某些永恆的熱情；他的思想、觀察、發現，無論以何種形式出現，必然開闊寬廣、精緻、通達、明斷而優美；他訴諸屬於全世界的個人獨特風格，對所有的人類說話，那種風格不依賴新詞彙而自然清爽，歷久彌新，與時並進。

諸如以上所引的頌辭，推崇經典作品「放諸四海而皆準，百世以俟聖人而不惑」，具有普遍而永恆的價值，在國內外都有悠久的歷史；但在後結構批評興起以後，卻受到強烈的質疑。概略而言，解構批評、新馬克思學派、女性主義批評、少數族裔論述、後殖民觀點等當前流行的批評理論，基本上都否認天下有任何客觀而且永恆不變的眞理或美學價值；傳統的典範標準和文學評鑑尺度也是一種文化產物，無非是特定的人群（例如強勢文化中的男性白人的精英份子），在特定的情境下，遵照特定的意識形態，爲了服效特定的目的，依據特定的判準所建構形成的；這些標準和尺度無可避免地必然漠視、壓抑其他文本——尤其是屬於女性、少數族群、被壓迫人民、低下階層的作品。因此，我們必須重新檢討傳統下的美學標準，以及形成我們的評鑑和美感反應的那些基本假設和「偏見」。

沒錯，文學作品的確不會純粹因爲其內在價値而自動變成經典，而是批評者（包括閱讀大衆）和權力建制（諸如學術機構）使然。譬如說，現今被奉爲英國小說大家的喬治・艾略特（1819～80），直到一九三〇年代仍很少被人提起；美國小說家梅爾維爾（1819～91）的作品曾經被忽略長達一甲子之久；浪漫詩人雪萊（1792～1822）在新批評當令的年代，評價一落千丈；布雷克（1757～1827）因爲大批評家傅萊的研究與推崇，在一九四〇年代末期才躋入大詩人行列……

這是否意味著文學的品味和評鑑尺度永遠在更迭變動，毫無客觀準則可言呢？馬克思曾經頗感納悶：產生古希臘藝術的社會環境早已消逝很久了，爲什麼古希臘藝術的魅力仍歷久不衰？當代馬克思批評家伊格頓（Terry Eagleton）曾經嘗試爲此提供答案，他反問：「既然歷史尚未終結，我們怎麼知道古希臘藝術會永遠保有魅力呢？」

我們不妨假設伊格頓的質疑會有兌現的可能，那就是說，歷史的巨輪繼續往前推動，社會發生了劇烈改變，有一天，古希臘悲劇和莎士比亞終於顯得乖謬離奇，變成一堆無關緊要的思想和感覺方式，與方今習見的牆壁塗鴉沒啥分別。不過，我們是否更應該正視古希臘悲劇已經流傳了兩千年，在不同的畛域和不同的時代，一直受到歡迎的事實？

不僅古希臘悲劇，西洋文學史上還有不少作家，諸如但丁、喬叟、塞萬提斯、莎士比亞、密爾頓、莫里哀、歌德等等，長久以來一直廣受喜愛，這多少可以說明人類的品味有某種程度的共通性和持續性吧？再說，曾經長期被奉爲經典的作品，必已滲入廣大讀者的意識中，甚至轉化成集體潛意識，對於一國的文學和文化發展產生相當大的影響，欲深入瞭解該國之文學和文化，則不能不尋本溯源，探究其經典著作。例如，《詩經》對於漢民族的文學和文化的影響幾乎難以估計，不提《大學》、《中庸》、《論語》、《孟子》之類的儒家經典曾大量援引「詩云」以闡釋倫理道德；連我們今天所習見的橫匾題詞，甚至四字一句的「中華民國國歌」歌詞，（意欲傳達肅穆聯想）都可和《詩經》牽上關係。

退一步來說，儘管典範不可能純粹是世上現有的最佳作品之精選，而且有其不可避免的附帶弊端，但卻不失爲文學教育上有用的觀念。簡而言之，典律觀念肯定某些作品比其他作品更有價值，更值得仔細研讀，使一般讀者在面對從古到今所累積的有如恆河沙數的文學淤積物時，不致於茫茫然，不知如何篩選。早在十八世紀，法國大文豪伏爾泰（1694～1778）便曾提出警告：「浩瀚的書籍，正在使我們變得愚昧無知。」英國哲學家湯瑪斯·霍布斯（Thomas Hobbes，1588～1679）也曾經詼諧地挖苦道：「如果我像他們讀那麼多書，我就會像他們那麼無知了。」喜歡閱讀而不重抉擇的讀者能不警惕乎？

那麼，什麼才是有價值的值得推薦的文學傑作？或者，名著必須符合什麼標準呢？文學的評鑑標準自來衆說紛云，因爲文學作品種類繁多，無法以一成不變的規範加以概括，有些作品甚至以打破傳統規範而傳世。我們勉強或可分成題材內容和表達技巧（形式）兩方面，嘗試提出幾則評鑑標準，以供參考：

西方文論自古以來一直視文學爲生命的摹仿或批評，推崇如實再現人生眞相的作品。當代批評則質疑再現（representation）論，認爲所謂的人生經驗其實也是語言建構下的產物，寫實主義充其量只可當做文學俗套的一端。然而，無論如何，以語文作爲表達媒體的文學藝術，其內涵必定多少與人生經驗有所關聯（不可能，也不必要像音樂或美術那樣追求純粹美感）。我們姑且假設人生的眞相是一束光譜，光譜的一端是純粹紀錄事實的紅外線，另一端則是純粹幻想的紫外線，當中紅、橙、黃、綠、藍、靛、紫等深淺不同的顏色代表寫實成分濃淡不同的文學作品。白色光呈現在各顏色之中，但各顏色只是白光的片斷而已。人生眞相或眞理就像普通光線一樣，尋常到處都有，但卻非肉眼所能看見。文學家透過虛構形式的三稜鏡，將光切斷，並析解成各種顏色，好讓讀者得以具體感受到光的存在。那就是說，無論使用什麼文學體式或表現手法，自然主義也好，象徵主義、表現主義、後現代主義也好，史詩也好，悲劇、喜劇、寓言、浪漫傳奇、科幻小說也好，愈能讓讀者感受到生命存在的基本脈動，便是愈有價値的上乘作品，而在刻劃或呈現方面，其深廣度、強烈度或繁複程度又有卓著表現者，殆可稱爲偉大文學。

舉例說，《哈姆雷特》一劇涉及人世不義、家庭倫理（夫妻、兄弟、母子關係）的悖逆、以及王位篡奪所導致的社會不安，多種因素互相牽動，同時兼具有道德、心理、政治方面的涵意，故宜列為偉大著作。托爾斯泰的《戰爭與和平》以巨大的篇幅，刻劃諸多個性殊異的角色，躬逢拿破崙時代戰爭的轉變和短暫的和平，呈現了人生的基本韻律：少年與青年時期的愛情、追求個人幸福和功名方面的失足與失望、時代危機、以及歷經歲月熬鍊所獲致的樸實無華的幸福和心靈上的平靜，這部鴻篇鉅作當然也該列為名著。

合乎上述標準的虛構作品，在閱讀之際，也許會讓人暫時逃離現實人生；但讀畢之後，必會使人更有智慧去看待不得不面對的人生。那也就是說，嚴肅的文學傑作必須具備教育啓發功能，擴大讀者的想像和見識空間，使他們感覺更敏銳、領受更深刻、思辨更清晰……但這並不意味著文學作品必須提供黑白分明的眞理教條；相反的，經得起時間考驗的佳構，往往以反諷的語調，揭示生命中的矛盾，告訴讀者：所謂的眞理或價值其實大多是局部的、不完美的，有賴其他眞理或價值的修正補充。例如，但丁的《神曲》表面上的確在肯定信仰，但細心的讀者不難發現它骨子裡隱含有反諷成分。

具備教誨功能的文學作品，對於社會文化必會產生深刻持久的效應，乃至於有助於形塑整個國族的集體意識，或徵顯所謂的「時代精神」，這一類作品理當歸入傳世的名著之林。例如，沙弗克力斯的《伊底帕斯王》、西班牙史詩《熙德之歌》便是。

評鑑文學作品當然不宜孤立地看題材／內容／意涵，而須一併考慮其表達技巧／形式／風格，唯有達到一定的美學效果，才有資格稱為傑作。此外，在文學發展史上佔有承先啓後之功，不論是開啓文學運動或風潮，刷新文學體式，別出機杼，另闢蹊徑，手法戛戛獨造，技巧出神入化，形式完美無缺者，亦在特別考慮之列。例如法國象徵主義詩人馬拉美的詩篇、寫實主義的典範屠格涅夫的《獵人日記》、福樓拜的《包法利夫人》，心理分析小說的巨構《卡拉馬助夫的兄弟們》、把意識流敘述技巧發揮得淋漓盡致的《燈塔行》，首創魔幻寫實的波赫斯之代表作皆屬此類。

《桂冠世界文學名著》基本上是依據上述的評選標準來採擷世界文學花園中的精華（不包括中文著作），但也不敢宣稱已經網羅了寰球文苑的奇葩異草，因爲這套書所概括的範疇，時間方面上下緜延數千年，空間上橫貫全球五大洲，筆者自知學識有所不逮，雖曾廣泛參酌西方名家所編纂的書目，也設法徵詢各方意見，但亦難免因爲個人的偏見和品味，而有遺珠之憾；另一方面，由於必須配合出版作業上的考慮，先期推出的卷冊，一仍既往，依舊偏重歐、美、俄、日的古典和現代作品，希望將來陸續補充第三世界的代表作和當代的精品，以符合世界文學名著的全銜。

匯編這套以推廣文學暨文化教育爲宗旨的叢書，原則上自當愼重其事，講求品質；但同時也得衡量現實的條件：諸如譯介的人才和人力、社會讀書風氣、讀者的期待與反應等等，這也就是說，一套名著的出版，不純粹只是理念的產物，同時也是當前國內文化水平具體而微的表徵。一味好高騖遠，恐怕亦無濟於事。

這套重新編選的《桂冠世界文學名著》還有一個特色，那就是每本名著皆附有一篇五千字左右的導讀，撰述者儘可能邀請對該書素有研究的學者擔任；他們依據長期研究心得所寫的評析文字，相信必能幫助讀者增加對各名著的瞭解，同時增添整套叢書的內容和光彩。謹在此感謝這些共襄盛舉的學界朋輩和先進，以及無數熱心提供意見和幫助的朋友。最後，還請方家和讀者不吝指教，共同促進世界文學的閱讀與欣賞。

法國「新小說」與「教皇」霍格里耶

劉光能

1

二十世紀法國文學的最後一個流派「新小說」（Nouveau Roman）的命名，有個實在沒什麼道理所以反而很傳奇的典故。一九五七年，「子夜出版社」（Les Editions de Minuit）初版霍格里耶（Alain Robbe-Grillet, 1922）的第三本書《妒》（*La jalousie*），同時再版女作家薩侯特（Nathalie Sarraute, 1902）的處女作《向性》（*Tropismes*, 1939）。平常以開放著稱的《世界報》（*Le Monde*），居然刊登一位特約文評的評介一併加以貶抑；對於這兩本小說，評者無以名狀，所以乾脆題爲〈新（的）小說〉（"Le nouveau roman"），只差沒標上問號以示不屑。「子夜」的出版人藍東（Jérôme Lindon）和霍格里耶兩人見報之後，也許帶一點捉狹的心理，總之就是將計就計，把標題中的普通形容詞和名詞改成大寫當作專有名詞，用來統稱旗下幾位作家的作品。這詞果然也立即變成泛指一個新興流派的正式稱呼，而且沿用至今，一般媒體上如此，中學通用的教科書以及學院氣味濃厚的文學史裡也是如此。

除「新小說」之外，另有幾個或許較不正式但是差不多同樣普及而且可能更傳神的別名，比如「反小說」（anti-roman）便是其中之一。這詞在十七世紀首度出現，當時的法國文人索雷樂（Charles Sorel, 1600-1674），用來形容的是，繼承西班牙作家賽萬提斯（Miguel de Cervantes, 1547-1616）的不世傑作《唐吉柯德》（*Don Quichotte*, 1605-1615）那種顛覆傳統騎士文學的新時代作品①。然而，在二十世紀使得「反小說」重新流行並且成爲「新小說」的同義詞，則以沙特（Jean-Paul Sartre, 1905-1980）爲第一人。他爲薩侯特的第二本書《陌生人的肖像》（*Portrait d'un inconnu*, 1948）寫序，便是這樣界定她的新作和若干其他早於「新小說」的當代著作②。沙特以大師之筆肯定這些本國和外國小說「自我反省」和「自我反詰」的創新精神，讚揚作家書寫小說之不可書寫，看似建構實則將小說推向崩解的特殊美學。一九五八年夏天，期刊《精

① Cf. Jean Rousset, *Forme et signification*, José Cordi, 1962；p.109.

② Jean-Paul Sartre, "Préface", Folio, 1977；pp.9～15.

神》（*Esprit* ）率先以「新小說」爲名、爲主題推出專號，其中收入專文〈拒絕派〉（“L’école du refus”③）。基本上，作者的見解頗受霍格里耶早期立論的影響，有些過度強調新生代拒絕故事、人物，拒絕內容深度、哲思學理的立場；倒是標題一目了然，自有流行的條件，也有助於確立「新小說」的「文學反對黨」的形象。

實際上，「新小說」頗不符合一般「流派」、「運動」的常見模式，不僅名稱來自於偶然，更不曾有過結社、集會、發表宣言的行動。而在「新」、「反」、「拒絕」這類倒也頗能切中實際的立場但畢竟含糊籠統的共同點上，各人有各人追求的專屬方向，個人前後的特色也未必一成不變，所以甚至連成員是誰都不免衆說紛紜也就無足爲奇。五八年，《精神》期刊出專號做概論式的整體性研介，所選的作家共計十人；其中七人依序是畢宇鐸（Michel Butor，1926）、霍格里耶、薩侯特、貝克特（Samuel Beckett，1906）、莒哈絲（Marguerite Duras，1914-1996）、西蒙（Claude Simon，1913）、班傑

---

③ Bernard Pingaud，“L’école du refus”，*Esprit*：*le* “*Nouveau Roman*”，juillet-août 1958；pp.55～59.

（Robert Pinget，1919）等人。下述一九七一年的國際會議又邀請這七人與會，另外加上歐里葉（Claude Ollier，1922）和李卡度（Jean Ricardou，1932）兩人。

這兩份名單頗爲接近，有一定的參考價值。可是，貝克特和莒哈絲並未出席會議，甚至明白拒絕如此讓人歸類；日後出版的當代文學史也不乏將兩人界定爲屬於上一代的「前新小說」，或是乾脆把李卡度納入第二代的「新新小說」（Nouveau Nouvean Roman）裡去的例子。如果純粹就不同書刊裡的重疊率來看，最具代表性的作家大約三人。首先當然是焦點所在、號稱「新小說教皇」的霍格里耶。其次才是女作家薩侯特；她在創作之外著有半理論性的文集《懷疑的年代》（*L'ère du soupçon*，1956），內容知者不多，可是書名文雅生動，普遍引起知識分子的共鳴。還有就是八五年贏得諾貝爾文學獎，多少可以看成是代表「新小說」接受世界級「官方」肯定的西蒙。

「新小說」運動的核心時期大致上位在五七至七一年之間。起點定於五七年，單純只是因爲當年首度出現正式的名稱，如此而已。否則，往前推一、兩年也無不可，因爲文評界開始廣泛加以注意，討論，其實略早於該年，而一個「運動」、「潮流」之所以能夠成立，多數人的參與及關注是根本的條件。以七一年爲界，理由在於法國一個長期性的國際文學會議組織（簡稱“Colloque de Cerisy”）該年一場十日會議的主題正是：「新小說：昨日・今日」（*Nouveau Roman：hier，aujourd'hui*）；次年並且沿用原標題出版實錄專書④。然而，「新小說」絕對沒有因爲這一番階段性的回顧、總檢討而突然中止、銷聲匿跡；只不過進入七〇年代以後，昔日的激辯雖然未獲定論畢竟開始平息。至於風潮的熱鬧氣氛過後繼之而來的，則是挾著強烈的質疑與被質疑的色彩，應運隨同引爆社改及教改運動的「六八（年）學潮」堂而皇之進入大學乃至中學比較前衛的系所、班級，打破蓋棺才得以論定的老朽傳統，開啓當代文學還在發生之中也能納入授課範圍、選爲研究題材的先例，提早享受經典化的榮譽。

2

霍格里耶讓人冠上「新小說教皇」的頭銜，是誰首開風氣有待查考；後人沿用是善意褒之，還是惡意貶之，也各視情況而定。用意不論，霍格里耶給人「領袖」的形象，

④ 10/18, tome 1：“Problèmes généraux”, tome 2：“Pratiques”, 1972.

起碼有兩個理由。他在「子夜」推出第一本小說《橡皮》(*Les gommes*, 1953)次年，被出版人藍東延攬爲文學顧問，對於招徠理念相近的作家、風格不遠的作品具有實際的功效。藍東開放的作法加上霍氏個人鮮明的色彩，因此蔚然成風，「新小說」也所以常獲「子夜派」的別號。再者，他在風格特殊的創作之外，因應以他爲主要對象的攻擊而撰寫的筆戰文章，「對簿公堂」的氣息濃厚，愛之者奉爲圭臬、惡之者斥爲「恐怖主義」，更是重大的因素。流風所及，一般擁護者和反對者不約而同將結集成冊的《爲新小說辯》(*Pour un nouveau roman*, 1963)——尤其是其中的〈未來小說之路〉("Une voie pour le roman futur", 1956)以及〈自然・人本・悲劇〉("Nature, humanisme, tragédie", 1958)兩篇——當「共同宣言」來讀。文評界和學界則各對「新小說」特別是樹大招風的霍氏無情加以撻伐，或是發展出一段彼此形影相隨的親密關係⑤，無不更加確立這名靈魂人物難以取代的特殊地位。

五〇年代開始獻身文學的霍格里耶，由於農學院的出身、自然科學的教育背景，往

⑤ Cf. Claudette Oriol-Boyer, *Nouveau Roman et discours critique*, Université Stendhal Grenoble 3, 1990.

往造成他的「異類書寫」淪爲慘遭所謂的行家圍攻的口實，當然也是他早年之所以能夠無視於文學普遍成規的存在、憑一己的直覺自由「創」作的有利條件。他因爲第二本書《窺視者》（*Le voyeur*，1955）意外贏得年度「文評人獎」（Prix des Critiques），一舉成名，可是理由無關該獎的輕重。那屆評審委員之中，一方面既有探索文學與惡享有盛名的巴大儀（Georges Bataille, 1897-1962）大力支持，強行過關；另一方面又有代表保守品味的評審委員憤而離席，並且撰文公開指責這書混亂、猥褻，同時羞辱作者更應該接受精神治療乃至監禁，喧騰一時。他的激情批判固然有人稱快，卻也引起一般讀者和其他同行的矚目，更重要的是兩大名家巴特（Roland Barthes, 1915-1980）與白隆碩（Maurice Blanchot, 1907）讚賞之情溢於言表的專文推崇⑥，文名也所以大開。

至於第二本小說《妒》的出版，雖然不改愛恨雙方爭議不休的前例，倒是開啓法國「新浪潮」電影的導演之一雷奈（Alain Resnais, 1922）拜讀之後愛不釋手，於是力邀

---

⑥ Cf. Jean-Jacques Brochier, *Alain Robbe-Grillet*, Collection " Quisuis-je ? ", Editions La Manufacture, Lyon, 1985.

寫出赫赫有名的《去年在馬倫巴》（*L'année dernière à Marienbad*，1961）。這部影片的創意其實完全來自又一次無師自通、憑直覺閉門造車，不僅寫出分鏡劇本並且寫得全片躍然紙上的原作者；而進一步鞏固雷奈先前和莒哈絲合作《廣島之戀》（*Hirochi, ma, mon amour*，1958）所贏取的國際地位之餘，也連帶觸動霍氏本人自編、自導的慾望，從此平行展開文學與電影創作的雙重生涯。

晚年回顧霍格里耶的作品，多少參考他個人和評界、學界的互動關係作爲分期的依據，別有一番趣味。大致上，他到成名作《窺視者》爲止，頗具「素人作家」的生嫩風貌，因爲還處在進行種種嘗試的狀態，所以包羅萬象，各形各色的「霍氏特質」盡在其中。但是由於前衛評界與學者的迅速介入，其中的部份特質所以也從《妒》開始的小說和自編兼自導的劇情片裡分別得到自覺而且專情的揮灑空間。譬如原標題一詞多義同樣可以解作「百葉窗」的《妒》，小說仿效電影鏡頭的視覺化敘述法不但是挑戰文類界限的力作，也是遊走於唯物／唯心邊緣的典範。作者本人走上銀幕的《歐洲特快車》（*Trans-Europ-Express*，1966）再一次證明他對偵探故事的偏愛，同時刻意暴露創作行爲反寫實的虛構本質。選擇香港作背景的小說《幽會屋》（*La maison de rendez-*

vous, 1965）再上一層，情節自生也自滅，簡直是好比活性細胞一般自行分裂、成長的書寫遊戲。《戲火》（*Le jeu avec le feu*, 1975）明白可見作者改造異色題材成爲實驗藝術、打破高雅／低俗界限的作風。以《鏡光回照》（*Le miroir qui revient*, 1984）爲首的三部曲，更是各自集合自述／小說、創作／文學評論、寫實／超現實等等異質文本於一身而且界限瞬息萬變的綜合文類……

晚年回顧霍格里耶的作品，多少參考他個人和評界、學界的互動關係，別有一番趣味。大致上，他到成名作《窺視者》爲此，頗具「素人作家」的生嫩風貌，因爲還處在進行種種嘗試的狀態，所以包羅萬象，各形各色的「霍氏特質」盡在其中。但是由於前衛評界與學者的迅速介入，其中的部份特質所以也從《妒》開始的小說和自編兼自導的劇情片裡分別得到自覺而且專情的揮擺空間。譬如原標題一詞多義同樣可以解作「百葉窗」的《妒》，小說仿效電影鏡頭的視覺化敘述法不但是挑戰文類界限的力作，也是遊走於唯物／唯心邊緣的典範。作者本人走上銀幕的《歐洲特快車》（La maison de rendez-Express, 1966）再一次證明他對偵探故事的偏愛，同時刻意暴露創作行爲反寫實的虛構本質。選擇香港作背景的小說《幽會屋》（La maison de rendez-vous, 1965）再上一層，情節自生也自滅，簡直是好比活性細胞一般自行分裂，成長的情寫遊戲。《戲火》（Lejeu avea lefeu, 1975）明白可見作者改造異色題材成爲實驗藝術、打破低俗／高雅界限的作風。以《鏡光回照》（Le miroir qut revient, 1984）爲首的三部曲，終於重返包羅萬象的原始形態，不過，已經轉變爲各自集合自述／小說、創作／文學評論、寫實／超現實等等異質文本於一身而且界限瞬息萬變的綜合文類……

霍格里耶的個別作品矛盾多面，整體著作變化不定，並不容易掌握。暫時擱置前人莫衷一是的說法，簡簡單單從作者偏好的題材類型直接下手，也許反而可以找出其中共通的精神、獨到的思想。霍氏對於「偵探推理」或者帶這種氣息的通俗題材、故事類型有所偏愛，幾乎達到終身不悔的地步。「偵探」本質上就是「探眞」的行動；追查個案的小說情節和哲學的冥想乃至科學的探究，不管後者牽涉的是人本身和人的行爲、是世界、或是人與世界之間的關係包括人對世界的認知這種精深高超的範疇，兩者不分通俗／學術，同樣都是一種探知「眞相」的行爲，全帶著追求「眞理」的理想。再者，「推理」強調邏輯推論，天生就是「理性主義」的故事版，正是專爲圖解西方乃至（西方影響所及的）世界文明步入現代所信仰、所賴以立足的思惟基礎而存在的文類。霍格里耶的作品雖然完全不含教條的色彩，但是相當善於借用不斷變化的「偵探」情節，一再翻新傳統上視爲不登大雅之堂的「推理」——特別是異色推理——小說，根本質疑人自己「探」知「眞」實、「眞」理的可能，同時開創一種突圍、「推」翻「理」性主義的實驗文學、前衛藝術。能夠直入核心反思、反詰自身文化的根基，恐怕才是霍格里耶最主要也最精彩的貢獻。

霍格里耶在法國本土曾經長期陷入保守大衆／前衛小衆兩極化的喜惡糾纏之中。不過，一出國門，所遇多半屬於菁英份子，愛之多於厭之，可以想見；在世界各地附帶贏得法國當代文學乃至法國深層文化的代言人這樣的肯定，也不是少有的事，其中大致又以美國學界的推崇最無保留，六、七〇年代的法國文學尖端理論勃興、人文社會科學進展神速，霍格里耶的作品躬逢其盛，先後變成結構主義「敘述語法」、馬克思主義「異化」論、現象學「意向性」……衆家試用新學說詮釋文學或是藉助新文學焠鍊學說的首選，因而發展出某種共生、共榮的奇特關係。八〇年代以降，美國在鼓吹也和法國思想界具有不解之緣的解構論，後現代主義的同時，一併引據霍氏的書寫重新加以詮釋，開啓另一種閱讀的可能，未嘗不能看成是美國學界向作家致敬的具體表示。強說其間孰是孰非，未必有此必要，因爲洞見／管窺終究只有一線之隔，甚至一體兩面。重要的是，霍格里耶的作品好比有機體一般，過去隨著時代的變易而吸納新潮流、更新自我的內涵，未來似乎也還留有餘地可供開發，又更值得讀者讚賞，期待！

目錄

附錄

現在，支柱的影子——支撐西南角屋頂那根柱子的影子——將該處陽台一角對分成相等的兩半。這陽台是一道加頂的寬廊，環繞房子的三面。由於它的居中部分和兩側的寬度都一樣，支柱的陰影便正好投射到房子的角落；可是，也只到那裡，因爲太陽還高掛天空，只照到陽台的地磚。房子的木造牆——也就是門面以及西邊的人字牆部分——都還給屋頂（房子主體以及陽台兩者共同的屋頂）遮住沒照到陽光。於是，這一刻，屋頂邊端的陰影正好和陽台及房子角落垂直的兩個屋面所形成的直角線相吻合。

現在，阿…（A…）從面向中央走道的裡門進了臥室。她沒有朝大開的窗子看，從那裡——由門口起——可以一直看到陽台這個角落來。她現在轉身向門把它關起來。她身上還是那件午餐時穿上的淺色高領緊身連衣裙。琦香（Christiane）又一次對她提醒過，寬鬆一些的衣服要比較能耐得住暑氣。阿…只是笑笑：她不覺得暑氣逼人，也領教過更要熱許多的氣候——在非洲就是那樣——健康狀況一向不壞。此外，她也不怕冷。不管在哪裡她都一樣的自在。她的黑色鬈髮輕巧的在她兩肩上、背上甩動，當她轉頭的時候。

陽台欄杆厚實的橫杆扶手朝上一面的油漆幾乎已經全脫落了。本頭現出灰白以及細縫狀的橫向紋路。橫杆的另一邊、陽台下面兩公尺多的地方，是花園的起點。

可是，眼光從臥室深處越過欄杆而來，要隔很遠直到小河谷對面山坡農場裡的香蕉林，才能接觸到地面。茂密而且寬闊的羽束狀綠葉之間看不見土地。然而，由於這一區相當晚近才耕作，苗床齊齊整整交叉的線條仍舊清晰可辨。租借地見得著的部分差不多都是這樣，因爲較早耕作的地段——現在已經雜亂無章——比較接近上游，位在河谷這一面的谷壁，換句話說是在房子的另一邊。

也是在另一邊有大路通過，路面只略微比高原邊緣低一點。這條唯一通過租借地的大路也劃出租借地的北界。由大路岔出一條可以行車的路徑通向庫房，也通向稍遠處的住屋。屋前有一塊寬廣的空地，只有一點斜度，可供車輛調度。

房子的基點和屋前空地等高，兩者之間沒有給任何加玻璃面的露台或是任何長廊隔開。相反的，其他三面有陽台環繞。建地的斜度從空地起開始趨於明顯，以至於居中部分的陽台（沿著朝南的屋面而建）至少高出花園兩公尺之多。

從花園四周起一直延伸到農場的盡頭爲止，是一整片綠色的香蕉林。左右兩邊的蕉樹都太密，加上站在陽台觀察所處的位置不夠高，所以不能分辨出井然的秩序；至於谷底附近，五株一叢四外一中的格局一目便已了然。新近再植的幾塊耕地裡——紅土剛開始給葉子遮住的那幾塊——甚至很容易看出幼幹成行成列、整整齊齊在遠處作四線交叉的情形。

對面谷壁的幾塊耕地裡，蕉樹雖然長得較高，辨認起來也不太過困難：正是這個地方眼睛最不受限制，監管起來最不成問題（雖然到那裡去的路相當遠），那也是從臥室兩扇敞開的窗子之中的任何一扇，不須刻意去想便自自然然會看到的地方。

背靠著剛關上的裡門，阿…不經意的看著陽台欄杆掉了漆的木頭，然後是離她稍近一點脫了漆的窗台，然後是又更近一點的地板洗過的木頭。

她在臥室裡走了幾步，走近厚重的五斗櫃，打開第一層的抽屜。她彎下身翻弄抽屜右邊的紙張，為了看清楚底部，又把抽屜再拉出來一點。搜尋一陣之後，她直起身保持不動，兩肘夾著軀幹，前臂彎著，給上身遮住——兩手無疑拿著一張紙。

她現在轉身向光，以便不費眼力而可以繼續她的閱讀工作。低俯的側臉再沒移動過。紙張是很淺的藍顏色，普通信紙的尺寸，有很清楚的四摺的痕跡。

然後，信拿在手中，阿⋯把抽屜推回去，走向小寫字檯（放在第二扇窗子附近挨著隔開臥室和走道的板牆那裡），馬上坐下來，同時從桌墊底下抽出一張淺藍色的紙——跟先前那張一模一樣，但是沒用過。她拔開筆帽，朝右方看了短短一眼（眼光甚至沒到達稍遠處的窗口中央），埋首在桌墊上寫了起來。

色黑而且發亮的鬈髮固定在背部的中心軸上，軸線給稍低處細窄的洋裝拉鏈具體標示出來。

現在，支柱——支撐西南角屋頂的柱子——的影子拉長落在地磚上，橫貫中間的陽台，投到門面前夜來擺著靠椅這裡。陰影線的末端幾乎觸及位處正中央的大門。房子西面的人字牆上，太陽照亮了一公尺半左右高度的木頭。如果百葉窗（jalousies 譯注①）沒有扳下來，陽光就會從面向這邊的第三個窗子大量射進臥室裡。

西側這邊陽台的另一端是廚房入口。從半開的門扉傳來阿…的聲音，然後是黑人廚師滔滔不絕、起伏有致的聲音，然後又是清晰而平穩的指示晚餐細節的聲音。

太陽消失在高原主要突出部分末端的岩質山鼻子後頭。

阿…面向河谷坐在本地造的靠椅裡面，讀著前一天借來的小說，他們在中午已經談到過。她目不轉睛的讀著，直到光線不足爲止。這時她仰起頭，合上書放在手邊的矮桌上，定睛看向正前方透光的欄杆和對面谷壁的香蕉樹；香蕉樹沒多久便沒入漆黑之中。她像是

譯注①：陰性普通名詞“jalousie”在現代法文中，一般指的是某類情感反應，最常見的含意是：不容別人比自己成功、唯恐對方和自己分享甚至獲得更多好處的「眼紅」、「嫉妒」：或是猜疑自己用情的對象心中另有所繫、行爲有所不忠的「醋勁」、「妒忌」。此外，倒也可以指稱某種物體：原始用意在於方便窗後的（女）人觀看窗外卻不爲閒雜人等所見而設計的「窗櫺」、「百葉窗」；然而絕少如此使用，因爲不管是屬於拉簾式或者在歐洲更通行也是本文裡眞正出現的窗板式百葉窗，平常其實名之爲“persienne”或“volet”。

在傾聽群居窪地的千萬隻蝗蟲由四面八方冒出來的叫聲。可是這種聲音無間歇也無變化，只是震耳欲聾，沒什麼可聽的。

豐（Franck）又來吃晚飯，還是笑口常開、健談、親切有禮。琦香這一次沒陪他來；孩子有點發燒，她和孩子留在他們家。如今她丈夫不時如此這般獨自前來，由於小孩的緣故、由於琦香自己的身體適應不來這種既潮溼又燠熱的氣候而起的不適，也是由於家中僕役太多、管理又不當因而麻煩時起的緣故。

今晚，阿…倒像是在等她來。至少她是叫人擺了四副餐具。她下令立刻撤走用不著的那一副。

豐一屁股坐進陽台上一把矮靠椅裡去，讚嘆一聲——已經成習慣了——那幾把椅子有多舒適。那是一種非常簡單的椅子，木架子安上皮革帶子，是一名土著工匠按照阿…的吩咐做的。她傾身向豐，遞玻璃杯給他。

天色現在儘管整個暗了下來，她卻說怕招蚊子，叫人不要送燈過來。玻璃杯差不多齊口倒滿了甘邑加帶氣泡的礦泉水，上面浮著一小粒冰塊。為免在漆黑之中失手潑出杯中的飲料，她右手小心拿著要給他的杯子，盡可能挨近豐坐的椅子。她的另一隻手拄著椅子扶手，傾身向他，近到兩人都頭靠頭了。他低聲講了幾個字：大概是道謝的話。

她靈巧的站直，抓起第三個玻璃杯——她不必擔心灑出來，因爲沒有倒滿杯——走過去坐在豐旁邊，這人這時繼續他一到便開始講的那個卡車拋錨的故事。

這晚，她叫人搬到陽台上的椅子是她自己布置的。她指給豐坐和自己坐的兩把椅子並排，靠著屋牆——當然是背對著牆——辦公室窗下這一面。因此，在她左手邊是豐的椅子，右手稍前則是放酒水瓶的小桌子。另兩把椅子在桌子的另一邊，更往右擺，爲的是不要擋住頭兩把椅子和陽台欄杆之間的視線。同樣是爲了「視線」的理由，後面這兩把椅子並沒有面對著其他的桌椅：斜著擺，歪向透光的欄杆和河谷的上游。這種布局使得坐那兒的人如果要看阿……就必須大幅度向左轉過頭——坐最遠的第四把椅子更是如此。

第三把是一張金屬框綳著帆布的折椅，位在第四把和桌子之間，明顯的落後一截。那一把比較不舒服，也是那一把空著。

豐繼續出聲訴說他自己的農場當天白日裡發生的煩惱事。阿……好像興趣不低。她時而加幾個字證明她在聽著，也在鼓勵他說下去。有段沈默的空檔時，可以聽到一個玻璃杯放上小桌子的碰撞聲。

欄杆的另一邊，往河谷上游的方向，只有蝗蟲的鳴聲和無星的黑夜。

飯廳裡亮著兩盞油氣燈。一盞放在長形餐具櫥邊緣左側末端；另一盞放在餐桌上空著的第四個座位。

桌子是方形的，活動的桌板沒拉出來（人太少沒那必要）。三套餐具擺在桌子三邊，燈在第四邊。阿…坐在慣常的位置上；豐在她右側，所以也是背對著餐具櫥。

櫥上，第二盞燈左邊（換句話說是在大開的廚房門口那一邊）疊著這頓飯要用的乾淨盤子。在燈的右後方——靠牆——有一隻土產陶壺擺在櫥子正中央。稍稍往右，一個男人的頭——豐的頭——投影在漆成灰色的牆上，大而模糊。他沒穿西裝上衣也沒打領帶，襯衫的領口大大敞開來；不過，白襯衫無話可說，用上好的細布料做的，翻過來的袖口釦著象牙袖釦。

阿…和中飯時穿同一件連衣裙。琦香批評那款式「不適合這種熱帶國度」時，豐差點和他妻子吵了起來。阿…只是笑笑：「再說，我也不覺得這裡的氣候有那麼難以忍受。」，她說道，好結束這話題。「假使您領教過干達一年十個月長的熱天，就不會了！」交談的話題於是有一陣子繞著非洲轉。

土著小弟從廚房門口走進來，兩手端著盛滿湯的湯碗。他一把湯碗放下，阿…便叫他將桌上的燈移開，她說燈光太強，刺眼。小弟提著燈把子，將它放到飯廳另一頭阿…伸直右手所指的家具上。

桌上於是籠罩在半明半暗的光線裡。餐具櫥上的燈變成主要的光源，因爲第二盞燈——放在反方向——現在遠多了。

廚房那邊牆上的豐的頭消失了。他的白襯衫不再像剛才在燈光直射之下那樣發亮。光芒從他後方斜照過來，只打到他的右邊袖子：肩膀和手臂鑲著一道明亮的邊線，往上的耳朵和脖子也一樣。他的臉差不多完全背光。

「不覺得這樣好一點嗎？」阿…問道，頭轉向他。

「當然，比較親近。」豐答道。

他快速喝湯。雖然他沒作出什麼過大的動作，雖然得體的拿著湯匙，喝湯也沒發出聲音，他卻像是爲這件微不足道的工作而使出渾身的精力和氣力。很難說明白他究竟是在哪個地方忽略了什麼要緊的規矩，哪一點不夠含蓄。

他的舉止沒犯任何大錯，卻還是令人側目。相形之下，他不禁使人覺察到，相反的，阿…像是一動也不動便完成了相同的工作——不過，也不至於靜態到反常而引人注意。必須要看一眼她空著但髒了的盤子才能確定她並沒忘了進食。

此外，憑記憶也可以再現她的右手和雙唇的幾個動作、湯匙在盤子和嘴巴之間的一來一往；這些動作的意義很明白。

更確定的辦法是問她覺不覺得廚師在湯裡下了太多鹽。

「不會啊。」她答。「本來就該多吃點鹽免得流汗。」

仔細想想，這話並不真能證明她今天先嚐過湯的口味。

現在小弟撤下盤子。這一來不可能再去查驗阿…盤裡的斑漬——或者是一無痕跡的情形，如果她沒喝過湯的話。

交談的話題又回到卡車拋錨的事件。豐將來再也不買折舊的軍用器材；他最近買的貨給他惹了太多的麻煩；他以後替換舊車時一定買新車。

可是，他錯在不該打算把新型卡車交給黑人司機開，他們還是會很快就把車給毀了，甚至更快。

「不至於吧。」豐說道：「馬達如果是新的，駕駛員就沒必要動它了。」

他其實該知道事實正相反：新馬達是更誘人的玩具，而且，在惡劣的路面上飆車，還有，握著方向盤作特技表演……

有三年的經驗作背景，他認爲一定有穩重的駕駛員存在，就是在黑人之中也會有。阿…的看法當然相同。

在討論機器的耐用度的過程當中，她並沒有表示意見，可是，關於司機問題，她倒是發表了一篇立場鮮明的大論。

此外，她或許也有道理。這麼一來，豐的話應該也有道理。

兩人現在談到阿…正在讀的那本小說，故事的發生地點在非洲。女主角不能忍受熱帶性氣候（和琦香一樣）。暑氣甚至還像是給她帶來了嚴重的生理症狀：

「這種事情主要是精神性的。」豐說道。

他隨後約略點到丈夫的行徑，這話對翻都沒翻過那書的人並不清楚。他的句子的結尾是“savoir la prendre”或“savoir l'apprendre”（譯注②），沒辦法確定談的是什麼人或什麼事。豐看著阿…，阿…也看著豐。她對著他很快的笑了一笑，笑容立刻沒入昏暗之中。她聽懂了，因爲她曉得故事的情節。

不，她臉上的線條並沒有牽動。而且好久一直沒動過：兩唇從說過前頭幾句話之後就僵著。一閃而過的笑容恐怕只是燈火的一個反光，或是一隻飛蛾的投影罷了。

再者，那時她已經不再是面向豐的了。她剛回轉過頭來對著桌子的軸心線看向正前方光禿的牆，那裡有一隻百足蟲打死留下來的灰黑色痕跡，那是上星期、這個月初、上個月，或是晚一點的時候的事情。

豐的臉孔幾近背光，沒有露出絲毫表情。

小弟進來撤下盤子。阿…像平常一樣，要他送咖啡到陽台去。

那裡漆黑一片。沒人在說話了。蝗蟲的叫聲停了。時左時右聽到的只是一隻夜間捕食動物的細小叫聲、一隻金龜子突發的嗡嗡聲、一個小磁杯放上矮桌時碰撞的聲音。

豐和阿…坐在相同的兩把靠椅上，背對著房子的木牆。還是那個金屬架的座椅空著

譯注②：這兩個詞組的語音完全相同；語意卻有「懂得把她／它拿到手」、「有辦法把她搞上手」、「有本事把它學會」、「曉得把它弄明白」等多種不同的可能。

。往河谷的方向這時沒有視線可言，第四把椅子的擺法更加的不合理。（就是在晚餐前、短暫的黃昏時刻，礙於欄杆的間隔太狹窄，也不眞看得見風景；而眼光越過橫杆扶手只能看到天空。）

手指順著木紋和橫向的細縫摸的時候，欄杆的木頭是光滑的。接下去有一段成魚鱗狀；然後又是平整的表面，可是這回沒有紋路，而且斷斷續續有油漆微微的點狀突起。

大白天的時候，兩種灰色——無漆原木的灰以及殘留油漆的淺灰——相對照，構成周緣多稜角，幾乎呈鋸齒狀的複雜圖形。橫杆扶手朝上的一面只剩下殘餘的油漆所形成的零星島狀突起。相反的，直杆上留下的下凹斑痕是掉漆的部分，範圍小得多，一般位在中央的高度，在那裡手指感覺得到木頭的直行裂紋。斑塊盡處有新起的漆鱗，很好摳；只要將指甲探入翹起的邊緣，指節一彎使力便成，幾乎感覺不到抗力。

眼睛現在適應了黑暗，可以分辨出另一邊靠屋牆的地方有個較明亮的形體突顯出來：豐的白襯衫。他的兩隻前臂平放在椅子扶手上。他的上身往後仰，靠著椅背。

阿…哼著一首舞曲，歌詞含糊不清。可是豐也許聽得懂，如果他先已認得那詞，因爲時常聽的緣故，也許還是和她一起聽的。或許是他偏愛的唱片曲之一。

阿…的手臂和坐她身旁的人受到衣料的色調——雖然呈灰白狀——襯托的兩臂相比，較不清晰，同樣放在扶手上。四隻手並排、不動。阿…的左手和豐的右手之間相隔約十公分左右。一隻夜間捕食動物的叫聲高亢而短促，又在谷底響起來，距離多遠測不出來。

「我想我要回去了。」豐道。

「別走嘛。」阿…立刻接口。「還早得很。這樣坐著多舒服。」

如果豐眞有意思要走，他倒有個好理由：他的妻子和小孩兩人單獨在家。可是他只說起第二天一大早就得起床，提也沒提到琦香。同樣高亢而短促的叫聲靠近了，現在像是來自花園，就在東邊陽台底下。

像回聲一般，一個一模一樣的叫聲跟著響起，由相對的方向傳來。別的叫聲接著呼應，在較高處的大路附近；然後是窪地裡別的叫聲。

聲音有時低沉一點或是長一點。大概有不同種類的動物。然而，所有這些叫聲彼此相似；不是因爲有明確的共同點，而是同樣的缺乏特點才那樣：不像懼怕、痛苦、恐嚇抑或是求偶的叫聲。像是機械化的叫聲，不爲特別的理由而發，不表示什麼，只不過在標定每隻動物的存在、方位以及各自在夜裡移動的軌跡。

「好啦，」豐說，「我想我要走了。」

阿…沒答話。兩人一個也沒動。他們並肩坐著，上身往後仰靠在椅背上，兩臂伸長擱在扶手上，四隻手的姿勢相彷，位在相同的高度，和屋子的牆面平行對齊。

現在，西南角支柱的影子——臥室那邊的陽台角那根——投在花園的地面上。太陽還在東方的天空下邊，光芒幾乎橫貫河谷。在這種光線底下，香蕉樹的種植線因爲和河谷的中心軸成斜角，條條清晰明瞭。

房屋所在地對面的山坡，從底到最高邊界爲止的幾塊地的幼蕉都相當容易計算；房子正對面這一處的幾塊耕地因爲新植不久，更是如此。

這裡的窪地絕大部分都向左右開墾了出來：當前只剩下一道三十公尺長的荒地鑲著高原邊緣，高原和河谷坡面作圓弧狀銜接，無山脊也無岩質斷口。

沒耕作的地區和香蕉園之間的分界線並不完全筆直。線條破碎，有凹角、凸角相交錯，每一個頂端屬於一塊不同的耕地，種植時間前後不同，但是走向大都一模一樣。

正對著房子，一叢樹木標出這一區耕作的最高點。以此爲界的那塊地呈長方形。那裡，羽束狀蕉葉之間的土地不是看不見就是差不多看不見。然而，蕉樹排列整齊一絲不苟，可見是新近才種植的，也完全還沒收成過。

從樹叢起，這塊地朝上游那一邊的下坡和主坡面相比略往左偏。那片耕地一直到最底端每一行有三十二株香蕉樹。

另一塊地行數相當，由此處往下延伸，佔滿介於前一塊地和流經谷底的小河之間的空間。這塊地直著算只有二十三株幼蕉。這塊地只因爲作物長得比較快，所以和上一塊地有所分別：樹身稍微高些，葉子縱橫交錯、果串相當成熟。有幾串果實甚至都割下來了。砍倒蕉樹而出現的缺口，和長著羽束狀的鮮綠闊葉中央冒出粗壯微彎果串的蕉樹，兩者一樣的好分辨。

另外，這塊耕地和上邊那塊不一樣，不呈長方形而呈梯形；因爲這地下緣的河岸和彼此平行的上、下游兩側並不成直角。右邊（也就是下游那邊）只有十三株蕉樹而非二十三株。

下緣也不成直線，因爲小河並不直：一個不很明顯的隆起把這塊地橫著從中央縮短。如果眞呈梯形，中間一行就該有十八株，而這一縮便只剩十六株了。

地要是長方形的，從最左邊算起第二行就應當有二十二株（因爲是五株一叢的緣故）。地若是規規矩矩的梯形也會有二十二株，因爲縮短的情形和基礎線相差不遠，不太感覺得出來。而那一行確實也有二十二株。

可是第三行也還只有二十二株而不是長方形的時候該有的二十三株。邊緣的曲度並沒有在這一行造成更多的差別。第四行也一樣，有二十一株，比長方形的話偶數行會有的數目少一株。

從第五行起，河岸的曲折才終於有所影響：這一行實際上也只有二十一株，而正梯形時則應當有二十二株，長方形的話（奇數行）就該有二十三株。

這些數字只是理論上如此，因爲有些香蕉樹在果串成熟後已經齊地砍掉。事實上，第四行總計十九簇羽束狀的葉子和兩處空缺；第五行則有二十束一空——由下而上是：八簇葉子一空缺再加十二簇葉子。

假如不理會眞看得見的和砍掉的香蕉樹是怎麼一個順序，第六行的數目便如以下所列：二十二、二十一、二十、十九——這些是在長方形、正梯形、曲邊梯形、曲邊梯形減去收割後砍掉的樹幹等不同情況之下分別會有的數目。

以下幾列各有：二十三、二十一、二十一、二十一；二十二、二十一、二十、二十；二十三、二十一、二十、十九等等。

在這塊地下游盡頭，跨河架著圓木橋，上面蹲著一個男人。是個土著，身上穿著藍長褲和無色露出肩頭的線衫。他俯向水面，好像要看河底什麼東西，而那是不太可能的，因爲水位儘管非常低，水卻從來不夠清澈。

在河谷的這一面谷壁，從河流到花園只有一個整塊的耕地。斜坡所處的角度縱然不太有利，高據陽台之上還是很容易計算那裡的香蕉樹。這一區最近才重新翻種過，蕉樹還很幼嫩。這裡不僅脈絡整齊無瑕、樹身的高度還不到五十公分，末梢的葉束也是彼比分明。種植線相對於河谷的中心軸線所形成的斜角（大約四十五度）也有利於計算。

有一列斜著從右邊圓木橋的地方開始一直延伸到花園左邊的角落。這一列全長有三十六株。五株一叢的格局使得這些幼蕉看起來像是也順著另外三個走向排列：一個和上述第一個走向成直角，另兩個彼此互成直角並且和前兩個走向成四十五度角。後面這兩個走向也因此各自和河谷的軸線以及花園的下緣既平行又成直角。

花園目前只不過是一塊裸露的四方形土地，最近才犁過，地上長著十二株橘樹幼苗，瘦瘦的，還不到一個人高，是阿…要求種的。

房子並沒有和花園等寬，因此完完全全和一大片綠色的香蕉樹隔開來。

房子歪曲了的陰影投射在西邊人字牆之前裸露的地面上。屋頂的影子和陽台的影子被角落支柱斜向的影子銜接在一起。欄杆形成一條其中幾乎沒有光隙的帶子，而其實各直杆之間的距離不會比直杆本身的平均寬度小多少。

直杆是圓整的木頭，中間有腹狀隆起，兩頭也帶有較窄的球形凸起。橫杆扶手朝上一面的油漆差不多完全剝落了，同樣的，直杆鼓起的部分也開始起鱗；靠陽台這一面的大部分直杆在半高處打圓的腹部更都裸露出一大塊木頭。介於時日久遠因而發白的灰色殘留油漆和由於溼氣作用而變成灰色的木頭之間，露出點點褐中帶灰紅——木頭本來的顏色——的表面，那些地方的木頭因爲新成的漆鱗最近才剝落的緣故，露出來還沒多久。整排欄杆要重新漆成鮮黃：阿…作了這樣的決定。

她的卧室的窗子還關著。只有取代窗玻璃的百葉窗的葉片大開著，給室內帶來足夠的光線。阿…靠著右邊的窗子站著，從一條縫隙裡看向陽台。

覆上泥土的圓木橋上的男人俯身向泥濁的河水，一直保持不動。他沒有移動一分一毫：蹲著、頭低下去、兩隻前臂支在大腿上，手垂在張開的膝蓋中間。

在他前面，對岸傍著水流的那一塊耕地裡，有許多蕉串看起來熟到可以收割了。這一段有不少株香蕉樹已經收成了。空出來的缺口在連貫的幾何線條之中一清二楚的暴露出來。可是，仔細看可以發現，砍掉的香蕉樹樹頭旁邊幾公寸的地方，已經長出新幹即將取而代之，於是開始扭曲蕉樹整整齊齊五株一叢的理想格局。

在房子另一面可以聽到一輛卡車在這面谷壁的大路上爬坡的聲音。

阿…在她卧室窗後被百葉窗橫著分割成薄片的身影現在消失了。

卡車抵達大路的平坦部份，在高原盡處凸起的岩質邊緣正下方換檔繼續往前開，轟隆聲不再那麼低沈。隨後，卡車朝東穿過有硬葉樹木星散其中的棕紅色荒地，往下一個也就是豐的租借地的方向遠去，車聲也逐漸弱了下來。

卧室的窗子——最接近走道那個——兩片窗戶全打開了。阿…的上身框在裡頭。她說了聲「早」，語調輕鬆，像個睡了好覺醒來、心情舒坦的人；或是一個不願將煩惱示之於人——假如有的話——總是本著一貫的原則展露相同笑容的人；那個笑容也很可以代表嘲諷、信賴或是全無任何情緒。

再者，她也不是剛醒。顯然的，她已經淋過浴。她還穿著晨縷，可是嘴唇上了妝，塗的是和兩唇本色的紅一模一樣的口紅，只不過稍稍鮮明一點；仔細梳過的頭髮在窗口的強光下閃閃發亮，因爲她轉過頭，甩動了柔軟厚重的鬈髮，然後一頭烏黑又落回肩膀的白色絲綢上。

她走向靠著內側板牆放的厚重五斗櫃。她半開第一層抽屜，拿出一個小體積的東西，又轉身回到亮處。蹲在圓木橋上的土著消失了。四周看不到什麼人。這時刻沒有任何工班在這一區有工要做。

阿……坐在靠著右方走道那面板牆擺的小寫字檯桌前。她傾身向前，做什麼精細又費時的工作：織補一條細緻的絲襪、修一手指甲、繪一幅小號的鉛筆畫。可是，阿……從來不畫圖；鈎脫線的網眼的話，她會坐得更近陽光；而如果她需要一張桌子來修指甲，她不會選這一張。

頭部和肩膀在表面上雖然動也不動，她的一頭黑髮卻急促的震顫。她時而挺直上身，像是要退一步好評斷她手上的工作似的。她緩慢的把脫離一頭太活動的黑髮而且也礙她事的一綹短髮往後撥。那隻手停在那裡梳理髮浪，細長的手指一根接一根屈而復伸，動作迅速而不失柔和，並且順著次序一一相連，好比是有一套機件在牽動一般。

她現在重新低下頭去做中斷的工作。發亮的鬈髮凹處閃著棕紅色的反光。輕微而且很快就減弱的抖動感從她的一邊肩膀傳到另一邊去，但是倒看不出來身體的其他部分有任何的震動。

陽台上，豐坐在辦公室窗前他坐慣的位置上擺的一張本地造的靠椅裡面。今晨只有這三把給搬了出來。椅子像平常一樣布置：頭兩把並列排在窗下，第三把靠一旁，在矮桌的另一邊。

阿…親自去拿氣泡水和干邑等飲料。她把裝滿了兩隻瓶子、三個大玻璃杯的托盤放到桌上。拔了甘邑的瓶塞以後，她轉身向豐看著他，一邊開始爲他倒酒。而豐的兩眼不去留意酒倒了幾分滿，卻放太高了一點看向阿…的臉孔。她低低梳了個髻，精巧的螺旋像是隨時會散開來；不過，應當有幾根髮夾藏在裡面挽住，沒有想像中那麼不牢靠。

豐叫了一聲：「唉呀呀！太多了！」或者是：「停停啊！太多了！」抑或是「多得太多了」、「過頭了」之類的。他的手舉在半空中，到頭部的高度，手指微微張開。阿⋯笑了起來。

「您爲什麼不早點叫停！」

「可是我看不到啊。」豐抗議道。

「就是說啊，」她答，「不該看別的地方嘛。」

他們相互對望，沒再加一句話，豐笑得更深，眼角都起皺了。他半張著嘴，好像有什麼話要說。可是又什麼也沒說。阿⋯的臉孔半往後轉，什麼也看不見。

好幾分鐘——或是好幾秒鐘——過後，兩人還是一直維持著同樣的姿勢。豐的臉孔和整個身體就像是僵住了。他穿著短褲、短袖卡其色襯衫，肩帶和加釦的口袋略帶軍裝風味。粗棉的半統襪外面套著網球鞋，鞋面刷上一層厚厚的白粉，在腳背帆布起褶的地方有龜裂痕。

阿⋯正往排成一列放在矮桌上的三個玻璃杯裡倒礦泉水。她把頭兩杯分出去，手裡拿著第三杯，走去坐在豐旁邊空著的靠椅上。豐已經開始喝了起來。

「夠冷嗎？」阿…對他問道。「酒水才從冰箱裡拿出來的。」

豐點點頭又喝了一口。

「您要的話可以加冰塊。」阿…說。

她沒有等他回答，便逕自叫喚小弟。

在一段沈靜的時間當中，小弟該出現在屋角陽台上。可是沒人來。

豐看看阿…，好像是說她應當再叫一次，或是站起身來，或是做個什麼決定。她很快的朝欄杆的方向努一努嘴。

「他聽不到。」她說，「我們當中最好有個人去一趟。」

她和豐兩人都坐著不動。阿…的側面朝著陽台的角落，臉上沒有笑容，沒有等待的表情，也沒有催促的意思。豐把他的杯子拿到兩眼前不遠的地方，瞪著黏在內壁的小氣泡看。

只消喝一口便可以肯定這飲料不夠冷。豐還沒有明白答覆，雖然他已經喝了兩口。此外，也只有一瓶取自冰箱：礦泉水帶綠色調的瓶壁蒙著一層薄薄的水汽，上面有細長的手指頭留下的印子。

至於甘邑則一向放在餐具櫥裡。阿…每天在帶杯子過來的同時也會一齊拿冰桶，今天卻沒這麼做。

「哦！」豐道：「也許沒那個必要。」

到廚房去，最便捷的辦法是直接穿過屋子。一過門，一陣涼意便和半明半暗的氣氛相伴而來。右邊，辦公室的門半掩著。

膠底便鞋走在過道的地磚上不出一點聲音。門扉轉動時鉸鏈沒有依呀作響。辦公室的地面也鋪了地磚。三扇窗子都關著而百葉窗只有半開，以免中午的熱氣侵入室內。

窗子有兩扇朝著中間的陽台。從右邊第一扇最底下，兩片可以變化斜度的木製葉片之間的空隙，能看到黑色的頭髮——至少看到上部。

阿…沒動，筆直坐在椅子裡。她看著兩人前面河谷的方向。她沒出聲。左邊的豐看不見，也沒出聲，或者是用很低的聲音在說話。

辦公室的門——幾間卧房和浴室的門也一樣——開在走道兩側，走道的末尾則是飯廳，中間沒有任何門戶隔開。桌上擺了三人份的餐具。阿…大概是剛叫人加了豐的餐具，因爲她今天原沒說在等客人來吃午飯。

三隻盤子就像往常一樣擺著，在方桌各邊的中央。第四邊沒有餐具，大約兩公尺以外同一個走向有一面光禿的板牆，淺色油漆上還留著打死的百足蟲的痕跡。

廚房裡，小弟已經在挖冰格裡的冰塊。一大桶水放在地上剛用來給金屬製的小冰槽加溫。他抬起頭咧嘴而笑。

他恐怕勉強夠時間走去陽台看阿…有什麼指示再帶著必要的器物（取道屋外）回到這裡。

「夫人，她說要送冰塊過去。」他用黑人特有的聲調起伏有致的說道，把某些音節——有時候是單字中間的音節——分離出來加上過強的重音。

隨便問道他在什麼時候得到指示，他答說：「現在。」這話並不能說明什麼。她有可能是在去拿托盤時對他作這要求的，就這麼簡單。

只有小弟可以證實是不是這樣。不過，他只會把一句不很明白的問話聽成是催他加快動作的要求。

「馬上我就帶來。」他這麼說好讓人安心等候。

他說話說得還算正確，可是並不一定瞭解人家要的是什麼。阿…倒是可以毫無困難的讓他明白她的意思。

從廚房看去，飯廳的牆面好像沒有汙漬。沒有任何交談聲從走道另一端的陽台上傳過來。

左邊，辦公室的門這回大開著。可是，窗上的葉片扳得太斜，所以從門檻處看不到室外。

在一公尺不到的距離內才會發現，灰色木條在連續的間隙裡隔出一幅成平行窄條而且不連貫的風景片段：圓整的木製直杆、空著的靠椅、矮桌上面一個倒滿的杯子放在裝著兩隻瓶子的托盤旁邊，還有就是一頭黑髮的上部，此刻正往右轉，那邊桌子上方有一隻裸露的深褐色手臂進場，末端是較白的手掌拿著冰桶。阿⋯向小弟道謝的聲音。褐色的手消失。閃亮的金屬桶沒多久便布滿水汽，置放在托盤上面兩隻瓶子旁邊。

阿⋯的髮髻靠這麼近從背後看起來複雜的不得了。要分辨不同的髮束如何盤繞很難：有些地方有好幾個解法，別的地方又一個也沒有。

她不遞冰塊，倒是繼續往河谷看。花園的地面讓欄杆直劃再讓百葉窗橫切，只剩下一些小方塊，涵蓋總面積的一小部分而已，也許是三分之一的三分之一。

阿……的髮髻以側面示人的時候一樣的難以捉摸。她坐在豐的左邊。（向來都是這樣的：在陽台上喝咖啡或是喝飯前酒的時候在豐的右邊，在飯廳裡用飯時則在他左邊）。她還是背對著窗，可是這時光線就從這些窗子透進來。這裡是正常的窗子，裝了玻璃的：因爲朝北，太陽絕不會直射。

窗子關著。一個人影從廚房出來沿著屋子往庫房那邊走去，經過其中一扇外頭的時候，沒有任何聲響會傳進室內。那是個黑人，從大腿半高處截斷，穿著短褲、線衫，戴著舊軟帽，腳步快，身體一扭一晃的，大概打著赤腳。他頭上那頂不成形狀、褪了色的氈帽留在記憶中，應當可以藉此立刻在農場的一干工人之中認出他來。然而，事實不然。

第二扇窗子位在桌後，使得上身非向後轉不行。可是沒有任何人投影在這扇窗前，要不是因爲戴帽子的男人無聲無息的走過去了，便是他剛停下來或突然改道而行。他的消逝無足爲奇，倒是反而使得先前的出現變得似幻似眞了。

「這種事情主要是精神性的。」豐道。

那本非洲小說又成了他們交談的主題。

「說是說氣候，可是這也不能代表什麼。」

「瘧疾發作……」

「奎寧可以治啊。」

「頭也是，成天嗡嗡的響。」

是關心琦香的健康狀態的時候了。豐的手一比算是作答：揚起之後緩緩落下，無疾而終，這時，手指順勢合攏拿住盤子旁邊的一塊麵包。同時下唇一突、下巴很快的指著阿…的方向，她應當是剛問過一個一模一樣的問題。

小弟從開著的廚房門口進來，兩手捧著一個大而深的盤子。

對於豐的舉動所代表的意思，阿…沒有置評。還有一個可能：問問小孩的近況。又是一個相同——或是差不多——的手勢，而且還是以阿…的緘默不語作結。

「老樣子。」豐道。

窗玻璃後面，氈帽又從反方向經過。輕巧、活絡同時又有氣無力的腳步沒變。可是臉孔因爲是反方向所以完全擋住了。

潔淨無比的粗玻璃外頭只剩下滿布石礫的院子，以及往大路和高原邊緣上升的一大片綠色蕉樹。玻璃的瑕疵在沒有色彩變化的蕉葉裡勾出會跳動的圓圈。

光線本身好像也發綠，照綠了飯廳、黑髮不可思議的盤旋、桌上的檯布還有光禿的板牆；明亮的單色平光漆上面，正對著阿…的地方，明顯有個灰黯的斑痕。

要看清楚這個污點的細節好辨認它的來源的話，必須貼近牆、面向廚房門。於是，一隻打死的百足蟲（譯注③）的圖形顯現了出來，不完整，但是因爲構成的斷片相當明確，所以不會有任何疑問。好幾節軀幹以及附屬器官在那裡印下它們的外廓，邊際分明，解剖學插圖一般的忠實：一根觸鬚、兩片彎曲的上顎、頭部、第一個環節、第二個環節半邊、三隻大尺寸的足肢。接下來是比較模糊的殘駭：腳的碎片和部分的軀體抽搐

譯注③：「多足綱」（Myriapodes）在通俗法文中以“mille-pattes”（千足蟲）一詞統稱，涵蓋英文中有所區分的“millipedes”（千足蟲）以及“centipedes”（百足蟲），前者以無毒的「倍足綱」（Diplopoda）如「馬陸」爲代表，後者包含有毒的「唇足綱」（Chilopoda）。唇足綱又分四「目」，中文一般籠統稱之爲「蜈蚣」；傳統上，中文正巧也稱蜈蚣爲「百足蟲」。本文一再出現的“mille-pattes”，所指的同時也是分屬其中兩目的“scutigère”“scolopendre”這兩種蜈蚣：前者行動迅速，後者毒性較劇。

扭成疑問號的形狀。

就是這個時候飯廳的照明最好。還沒擺上餐具的方桌另一頭，有一扇窗子對著院子打開，玻璃纖塵不染，其中一片窗戶裡還有院子的反影。

院子被垂直的窗柱隔成兩半；就像在右側半推的那片裡面一樣，兩片窗戶之間框著左邊院子，那裡停著一輛加篷的小卡車，頂篷朝向北區的香蕉園。篷布底下有一口新的白木箱，反面標著用鏤空模板刷上去的黑色大字。

反映在左側窗戶裡的景物儘管色澤較深卻也較為光亮。可是景物受玻璃上的瑕疵所扭曲，因而有蕉樹色調的綠色圓圈或新月彎在院子中間、庫房之前晃動。

受活動的蕉葉環波及的大型藍色轎車還是很好辨認，站在車旁的阿⋯的連衣裙也一樣。

她俯身就著車門。如果玻璃是放下來的——大概也是那樣——阿⋯就有可能由坐墊上方的開口處探進頭去。她又站直的時候，頭髮難保不會被窗框碰散並且披落到坐在原位的駕駛人身上。

這人親切有禮，笑口常開，又來吃晚飯。他沒等人指給他坐，便一屁股坐進一張綳著皮革的靠背椅裡去，也習慣性的讚嘆一聲那幾把椅子有多舒適：

「坐在裡頭眞好！」

背著屋牆，他的白色襯衫在黑夜裡形成一片較爲灰白的色斑。

爲免在漆黑之中失手潑出杯中的飲料，她右手小心拿著要給他的杯子，盡可能挨近豐坐的椅子。她的另一隻手拄著椅子扶手，傾身向他，近到兩人都頭靠頭了。他低聲講了幾個字：大概就是道謝的話。可是話語淹沒在從四面八方冒上來而且震耳欲聾的蝗蟲叫聲裡。

燈的位置一旦調整好以免太過直接照著用飯的人，桌上便又交談了起來，談的是熟悉的話題，用的是相同的語句。

豐的卡車在六十公里路標——大路遠離平原的地點——和第一個村莊之間的上坡路半中央拋錨。是一部路過的憲兵車到農場停下來通知豐的。當他在兩個小時之後到達現場時，他沒在憲兵說的地點找到他的卡車，而是在遠了許多的下方，因爲司機企圖發動馬達倒車，不顧轉彎不愼撞上樹的危險。

以爲這麼做可以達到任何結果也很荒唐。又一次必須整個拆卸汽化器。豐幸好帶了吃的東西去，因爲他弄到三點半才回來。他決定盡快換了這輛卡車，而且，那也是他最後一次——他這麼說——購買折舊的軍用器材：

「看起來得到利益，歸結起來卻要貴許多。」

他現在的打算是買一部新車。一有機會他就親自下去港口會一會主要廠牌的特許經銷商，以便確實了解價格、各種好處以及交車的期限等等……

假如他的經驗多一點，他就會知道不該把現代化的機器交給黑人司機使用，他們還是會很快就把它們給毀了，甚至更快。

「您計畫什麼時候去？」阿…問道。

「不知道……」兩人轉頭對望，豐一隻手還拿著菜盤，在桌面上二十公分的地方。

「也許下星期。」

「我也需要進城。」阿…說，「我有一大堆東西要買。」

「那我載您去。我們一大早出發，當天夜裏就可以回來。」

他把菜盤放在他左手邊，準備夾菜。阿…把眼光拉回桌子的中心軸線上。

「百足蟲！」在剛出現的靜寂之中，她以比較克制的聲音說道。

豐抬起頭。然後，順著她兩眼不動盯著的方向往他右手那邊轉過去。刷淺色漆的牆板上，阿…對面，有一隻普通大小（大約和手指一般長）的蜈蚣，雖然燈光柔和，還是看得很清楚。這時候牠並沒移動，但是牠的軀體的走向畫出一道斜切牆板的路線：從走道那邊的踢板來、往天花板的邊角去。那蟲子很好識別，因爲足肢很發達的緣故，特別是後部。用心觀察可以分辨出另一端的觸鬚在擺動。

阿…從發現牠開始就沒動彈過：筆直坐在椅子裡，兩手平放在她盤子兩側的桌巾上。兩眼圓睜盯著牆。嘴沒完全閉攏，也許還難以覺察的在抖動。

日落以後，像這樣在這幢已經老舊的木造房子裡碰到不同種類的百足蟲，並不是少有的事。而且這不是最大的一種，也絕不是最毒的一種。阿…神情鎭定，可是不能忍著不加注視，就她憎惡蜈蚣這回事開她玩笑，她也笑不出來。

豐什麼也沒說，又看看阿…。然後從椅子上站起來，無聲無息，餐巾拿在手裡。他把它捲成一團走近牆邊。

阿…的呼吸好像變快了一點；也許是錯覺。她的左手逐漸抓緊她的刀子。纖細的觸鬚加緊向左右搖擺。

那蟲的軀體忽然向內一彎，斜著朝地面往下爬，極盡長肢速度所及，而球狀的餐巾更快，打了下去。

指頭細長的手緊抓著刀柄；可是臉上的線條不改原來僵住的模樣。豐把餐巾從牆上挪開來，用腳踩死地磚上踢板旁的什麼東西。

大約一公尺上方的牆面留下一個深色的印子，扭成疑問的弧形，阿⋯還是沒有從那裡移開她的眼光。

刷子順著散開的頭髮往下梳，發出輕微的聲響，那是氣息聲加嗶剝聲。才一到底，很快的，刷子又折回頭部，用刷毛的整個表面（橢圓形、骨頭的顏色）一拍，然後再順著一頭黑髮下滑；柄相當短，幾乎完全消失在用力握著的手裡。

半邊頭髮垂在背後，另一隻手把另外的半邊撩到肩膀前。頭偏向這一邊（右邊），以頭髮就刷子。刷子每一次從腦後高處打下去，頭就更歪一點，接著，右手──那隻拿著刷子——往反方向遠去時，再奮力抬起來。左手——在腕、掌、手指間勾著頭髮但不勒緊——有一會放開來讓它通過才再合上重新收攏髮束，動作沈穩、圓融、機械化，而這時刷子繼續往最尾端梳去。響聲從一頭到另外一頭逐漸變化，到這裡只剩乾脆、稀落的劈啪聲；最後的爆音響起時，刷子已經離開最長的頭髮正回到往上揚的循環線上；而在空中快速畫出的一條曲線隨即將之帶回頸上，那裡，頭髮在腦後拉平露出一道白色的中分線。

分線以左，另外半邊的黑髮自由的垂到腰際，形成柔軟的波浪。再往左的臉孔只看得見斜側面。可是，再遠則有鏡面照出整個臉龐正面的模樣，而目光——似乎沒有監看刷子起落的必要——自然是朝向前方。

阿…的眼睛所以應當會看到朝西邊人字牆大開的窗子，她面對窗子坐在小桌前梳頭，桌子爲了這個用途而設計，主要是裝有一面直立的鏡子，鏡子把眼光向後反映，射向卧室的第三扇窗子，直到中間的陽台和河谷的上游。

第二扇窗子和那扇一樣都朝南，只是較爲接近房子的西南角；那扇窗也大開。對著這窗的是梳妝檯的側面、鏡子的截面、臉孔左側、自由散落在肩膀上的頭髮和折彎勾住右半邊頭髮的左手臂。

由於頸背斜向這邊，臉孔因而略略轉向窗子。大理石桌面沒有多少灰色紋路，上面排著瓶瓶罐罐，大小形狀不一；往前一點放著一把大的玳瑁製梳子和第二把刷子，木頭做的，柄長些，黑色鬃毛直立的一面朝上。

阿：該是剛洗過頭，否則不會在正午忙著梳理。她停下手上的動作，也許那一邊已經梳好了。然而，她兩臂的姿勢不變、上身不動，臉卻整個轉向在她左邊的窗子，看著陽台、透光的欄杆和對面河谷的谷壁。

支撐屋角的柱子縮短了的影子投在第一扇窗子也是人字牆那個方向的陽台地磚上；可是影子還夠不到窗子，因爲太陽仍然高掛在天空。房子的人字牆整個遮在屋頂的陰影裡；西邊人字牆下這段陽台上，有一條還不到一公尺長的光帶夾在屋頂的影子和欄杆的影子中間，欄杆的陰影這時候沒有任何空隙。

就是在卧室裡面這扇窗前，放著桃花心木架子、白色大理石面的梳妝檯；這些殖民地格調的住家裡都有那麼一張。

鏡子的背面是木板，比較粗糙，也帶灰紅色，不過沒有光澤，橢圓形，上面的粉筆字有四分之三擦掉了。右邊，阿…的臉孔現在向左手邊傾斜以便刷另外半邊的頭髮，一隻眼睛露出鏡外，理所當然看著面前洞開的窗子和一大片綠色的香蕉林。

西側這一段陽台的盡頭是廚房的外門，再進去是飯廳，裡頭一整個下午都保持涼爽。廚房門和走道之間光禿的板牆上，百足蟲的殘骸留下來的汙跡貼近了勉強可以看見。餐具擺了三人份；三隻盤子佔著方桌的三邊；餐具櫥那邊、靠窗那邊、對著長廳中央那邊；長廳另半當客廳在用，中間線上左右兩頭各是走道的出入口和通向院子的門戶，有這扇門才方便到庫房去，土著工頭的辦公室在那裡。

可是，要從餐桌處看客廳——或是從一扇窗子看庫房那邊——必須坐豐的位置：背對餐具櫥。

這個位置這時空著。椅子倒是好好拉出來，盤子和刀叉也各在其位；可是桌緣和椅背之間什麼也沒有，椅子露出用麥桿編成十字形的厚實座面；盤子潔淨光亮，圍在全套的刀叉當中，就像在開飯時那樣。

阿…終於拿定主意叫人上菜，既然客人還不來，就不再等他；她一言不發僵直的坐在窗前自己的位置上。這個背光的位置有多不方便再明白不過，而經她自己選定以後卻再也不更換。她用起餐來動作精簡到極點，不會轉頭左顧右盼；她的眼睛微瞇，像是在找看看對面光禿的板牆上有沒有汙點，然而牆上的油漆潔白無瑕，沒有一點點可以吸引目光的東西。

小弟撤下冷盤，留意著不去更換缺客無用的盤子，之後，又從敞開的廚房門口進來，兩手端著一個大而深的菜盤。阿…甚至沒轉個頭公事公辦瞧它一眼。小弟沒多話，將菜盤放在她右手邊白色的桌巾上。盤裡裝著灰黃色的泥狀物，大概是薯泥，有一絲熱氣冒出來、突然彎曲、散開、消失，不留痕跡，但立刻又再出現在桌子上方，細長而直。

桌子中央已經又擺著一道菜，還沒動過，盤底褐色的湯汁襯著一列三隻烤小鳥，一隻挨著一隻。

小弟像平常一樣無聲無息的退下去。阿…忽然下決心不再盯著光禿的牆，並且來回審視在她右邊和面前的兩道菜。拿起配備的湯匙以後，她動作小心準確的夾菜：三隻裡最小的一隻烤鳥、一點薯泥。然後，她拿起右手邊的菜盤放到她的左手邊；大湯匙留在盤裡。

常上桌。

她開始細心的在自己的盤子裡切割。東西雖然小，她卻像在作解剖示範那樣，摘下四肢、由關節處切斷軀幹、用叉子叉住肉塊，同時用刀尖把肉從骨架上剔下來，不用力壓、不做兩次解決，甚至沒有在做一件困難或是不尋常的工作的模樣。這種小鳥確實常常上桌。

她吃完時抬起頭來，對著桌子的中心軸，恢復不動，等著小弟端走堆著褐色小骨頭的盤子、兩個菜盤，其中一個上面還留著第三隻烤鳥，為豐準備的那隻。

他的餐具到這頓飯結束時一直保持原狀。恐怕是又再碰到農場裡有突發狀況耽擱了，畢竟他是不會為了妻子或是孩子有什麼不適而延展飯局的人。

客人現在來的可能性縱使不大，阿…卻或許還在守候車子從大路上開下斜坡來的聲音。不過，並沒有一點馬達的隆隆聲或是其他的聲響從飯廳的窗子（至少有一扇半開）傳進來，白天裡這個時候，暑氣之下，所有的工作全中斷，鳥獸昆蟲也不出聲。

角落那扇的兩片窗戶都開著，倒也沒全開。右邊的一片只開了條縫，所以還明顯的遮住半個窗口。相反的，左邊那片往後推向牆，但也沒到底：這片事實上多少還是和窗框的平面成直角。窗子這樣開著構成三個高度相等、寬度相近的面：中間洞開、兩側部分各有三格玻璃。三者各自框著同一個景色的片段：滿布石礫的院子和一大片的綠色蕉樹。

窗玻璃潔淨無比，在右邊的一面裡頭，玻璃上的瑕疵不過稍稍改了線條的布局，只給太過一致的表面帶來一點活動的色調變化而已。可是反映在色澤較深但也較爲光亮的右邊一面裡的景象就著著實實變了形，所以有帶蕉樹色彩的綠色圓斑或新月彎在院子中間、庫房之前晃動。

豐的大型藍色轎車剛停在那裡，也受活動的蕉葉環波及，現在首先下車的阿…的白色連衣裙也一樣。

她俯下身就關著的車門。如果玻璃是放下來的——大概也是那樣——阿…就有可能由坐墊上方的開口處探進頭去。她又站直的時候，整齊的頭髮難保不會被窗框碰亂，何況頭才洗過更容易散開，並且披落到坐在原位的駕駛人身上。

可是，她完好無損的退出藍車，這時，持續轉動的馬達隆隆聲轉強，充斥整個院子；她回頭再看最後一眼以後，踩著堅定的步伐單獨走向直通大廳的正門。

面對那扇門的是走道，走道和客廳兼飯廳之間沒有任何分隔。走道兩側有門一扇接一扇；左邊最後一扇是辦公室的門，沒有全關。門扉轉動時，上了不少油的鉸鏈並沒有依呀作響；門復歸原位，一樣的無聲無息。

房子另一端的大門較爲粗心的開了又關上；然後是地磚上輕而清脆的高跟鞋聲穿過正廳順著走道接近。

腳步聲停在辦公室門前，不過，是對面通往臥室那扇門開了又關上。

和臥室的窗子相對稱的三面百葉窗在這個時候扳下來半合著。辦公室因而沈浸在漫射的日光裡，物品則完全失去立體感。線條倒是還很清晰，可是相連的前中後景卻不再有景深的感覺，以至於兩手本能的伸向身前，以便比較可靠的分辨物距的遠近。

幸好室內並沒有堆滿東西：幾個文件櫥、書架靠牆豎著，幾把座椅，還有一張帶抽屜的厚重辦公桌整個佔著朝南的兩扇窗子中間的位置，而透過其中一扇——右邊靠近走道那扇——木製葉片的斜縫，可以看見陽台上的桌椅切割成明亮的平行線。

辦公桌一角立著一個嵌珍珠貝的相框，框裡有一張留居非洲以後第一次到歐洲度假時一個街頭攝影師拍的照片。

阿：坐在一家裝璜摩登的大咖啡館門前一把複雜的鐵椅上，椅子的扶手和靠背上有大括弧盤成的螺旋，看來壯觀有餘舒適不足。阿：坐在那張椅子上面像平常一樣露出很自然的神態，當然沒有半點鬆懈的模樣。

她稍微轉過頭對著攝影師微笑，好像在向他示意可以拍下這張即興照。同時，裸露的手臂並沒有改變正要把玻璃杯放到她身旁桌上的動作。

不過，並不是爲了要放冰塊進去，因爲她沒有碰閃閃發亮但一下子便覆滿水汽的金屬桶。

她不動看著他們面前的河谷，沒出聲。左手邊的豐看不到人，也沒出聲。她可能聽到背後有不正常的聲響，也正有個動作準備要做，倒是沒多加思索，才會湊巧往百葉窗的方向看。

辦公室另外一邊，朝東的窗子並不像臥室裡同一個位置的那樣是個普通的窗子，而是個落地窗，從這裡無須經過走道就可以直接到陽台。

陽台這一部分早上有太陽，只有上午的太陽才沒人躲。在日出之後幾近清涼的空氣中，鳥唱取代夜裡蝗蟲的鳴叫，兩者相似，雖然鳥唱比較不一致，時而穿插幾個較富音樂性的聲音。至於鳥雀本身，牠們也沒有比蝗蟲常現身，多半躲在房子四周羽束狀的寬闊綠葉底下。

隔開房子和香蕉林的土地裸露在外，上面種著橘樹幼苗——細枝上點綴著幾片深色的葉子——間隔相等；地上犁過的土塊之間，小蜘蛛結了無數的網沾著露珠閃閃發亮。

陽台右邊這一頭連接客廳的末端。可是，早餐一向露天設在朝南的門面前，從這裡可以俯視整個河谷。小弟只搬來一張靠椅，旁邊的矮桌上已經擺著咖啡壺和咖啡杯。這個時候阿…還沒有起來。她臥室的窗子還關著。

河谷最深處，跨過小河架著圓木橋，上面蹲著一個男人，臉朝上游。是個土著，身上穿著藍長褲和無色露出肩頭的線衫。他俯向水面，好像要看泥濁的水裡的什麼東西。

他的前方，河對岸，是一塊梯形的耕地。靠河那邊成曲線，香蕉樹前不久全收割了。那裡很容易算出來有多少樹頭，因為砍倒樹幹，原地留下短短的樹樁，末梢是一個圓盤狀的疤痕，或白或灰黃，隨時間先後而有所不同。蕉樹由左至右逐行算來是：二十三、二十二、二十二、二十一、二十一、二十、二十一、二十、二十株……

就在每個白色圓盤邊但是方向不定，都長出替代的新幹。第一穫蕉的成熟期有早有晚，所以新蕉樹現在的高度介乎五十公分到一公尺之間不等。

阿…剛帶過來玻璃杯、兩隻瓶子和冰桶。她開始斟滿三個杯子：先是甘邑，再來是礦泉水，最後是三粒中心包著銀色針束的透明冰塊。

「我們一大早就出發。」豐說道。

「多早？」

「六點，如果您願意。」

「哇……」

「嚇到您啦？」

「才不。」她笑著說。沈默了一下又說：「正相反，這樣很好玩。」

他們小口啜飲著。

「如果一切順利，」豐道，「我們可以在十點左右到達城裡，午飯以前就已經有不少時間。」

「當然，我也比較喜歡這樣。」阿…道。

他們小口啜飲著。

然後他們談到別的事情。他們兩人現在都讀完了這本最近一陣子讓他們沒閒著的小說；他們因此可以就全書來發表議論：換句話說，既可以談結局，也可以談結局從此得以闡明或是賦予新義的前情（過去的交談主題）。

關於這本小說，他們從來不做絲毫的價值判斷，相反的，他們談起地點、事件、人物，就像講的是眞人實事一樣：一個他們也記得的地方（正是在非洲）、一群他們認識或是有人說過他們的遭遇的人。言談之中，他們從來不對故事的可信度、聯貫性以及其他的特質表示異議。反之，他們常責怪幾個主角的某些行爲、某種性格特徵，跟他們在談共同的朋友時沒有兩樣。

他們有時也會爲故事情節裡的巧合而慨嘆，說是「時運不濟」，於是由一個新的假設出發——「如果沒發生那種事情的話」——建構另一種可能的進展。這當中又有其他可能的分岔出現，也一一導致不同的結局。變文爲數很多；變文的變文更多。他們似乎甚而隨興之所至大加特加；兩人頻頻相視而笑、興奮莫名，或許有些沈醉在這個不斷衍生的遊戲裡……

「可是，不幸得很，他那天偏偏提早回家，這個誰也料不到。」

豐一句話整個打翻他們剛剛一同疊起來的假想。做一些相背的假設無補於事：事實終究是事實，是沒有人可以改變的。

他們小口啜飲著。三個玻璃杯裡放的冰塊現在完全消失了。豐在檢視他杯底剩下來的金色液體。他好玩的將杯子傾向一邊再傾向另一邊，要沖下黏在內壁的小氣泡。

「開頭明明很順利。」他說道，轉頭向阿…等她附和：「我們照預定的時間出發，車子一路上沒事。到城裡的時候才十點剛過。」

豐停下來。阿…接住話頭，好像在鼓勵他繼續說下去：

「而您一整天也都沒注意到有什麼不對勁是吧？」

「沒有，一點也沒有。說起來，假使在午飯前馬上發生故障倒好一些。不是在半路上，而是在城裡，午飯前。那樣的話，我到距離市中心有點遠的地方去採購東西會有些不便，但起碼我有時間找個汽車工人利用下午修車。」

「因爲終究不是什麼大毛病吧？」阿…帶著詢問的神情補充道。

「不是，一點也不是。」

豐看著他的杯子。沈默了相當長一陣之後，他繼續解釋，雖然這次沒人問他任何問題：

「晚飯後要上路了，馬達卻怎麼也不聽使喚。那時候當然已經太晚，什麼辦法都沒得想：修車廠全關門了。我們也只能等第二天再說啦。」

那些語句逐一相隨，恰如其份、合乎邏輯。速度則不疾不徐、一致不變，越來越像法庭證詞或是課文背誦。

「起先您還以爲自己可以修好。」阿…道。「不管怎麼說，您畢竟試了。不過您不是個不得了的機械師，沒錯吧？」

她笑著說出最後這句話。他們相互對望。輪到他笑了。然後，笑臉慢慢變成怪臉。

其實，緊急修車對他已經成了習慣，因爲他的卡車老是故障……

反之，她一直維持著看好戲的泰然神情。

「是啊，」他說，「那個馬達我開始摸熟了。可是轎車並不常給我惹麻煩。」

確實，那輛大型藍色轎車從沒發生過其他事故，此外，那輛車也幾乎還全新。

「什麼事總有第一次嘛。」豐答道。停頓了一下又說：「時運不濟，偏偏是那一天……」

右手的一個小動作——揚起之後緩緩落下——剛落回原點，停在靠椅的條狀皮質扶手上面。豐臉帶倦意；剛才的怪相之後，笑容就沒再在臉上出現。他的身體像是陷入座椅深處。

「也許是時運吧；但也不算慘重就是了。」阿…接口說道，無憂無慮的語氣和她的旅伴成對比。「假使我們當時有辦法聯絡，就是遲歸也沒什麼要緊；可是，荒地裡的農場隔老遠一座，我們又能怎樣?再怎麼說，總比半夜在路上拋錨好！」

也比出車禍好。算來不過是一件無足輕重的意外、一段無關緊要的遭遇，殖民地生活一些小小的不便之中的一個。

「我想我要回去了。」豐道。

他只是中途停個車把阿…送到。他不願意多耽擱。琦香必定在記掛他怎麼了，而豐也急著要讓她安心。他果眞突然一使勁從椅子上站起來，並且把剛一口氣喝乾的杯子放回矮桌上。

「再見。」阿…道，並沒有離開她的座椅。「謝謝您啦。」

豐的手臂略微一擺，不必客氣的手勢。阿…堅持道：

「當然要謝！我打擾您兩天了。」

「正相反，害您在那家破旅館住了一夜，我很抱歉。」

他走了兩步，在踏進貫穿房子的走道之前又半轉身：「眞對不起，我實在不是個好機械師。」他的嘴唇又做了個相同的怪相，但速度快一點。他消失在走道裡。

他的腳步聲在走道的地磚上響了起來。他今天穿的是皮底鞋，配他的全套白西裝，西裝這一趟路下來不光鮮了。

房子另一頭的大門開了又關上的時候，輪到阿…站起來，從同一個出入口離開陽台。可是她立刻鑽進臥室裡，隨手關起門，咔噠一聲推上門閂。庭院裡，朝北的門面前，響起馬達發動的聲音，緊接著的是車子起動太猛的尖銳呻吟聲。豐沒說他的車子是什麼地方要修理。

阿…關上臥室裡整個上午都大開著的窗子，一一扳下百葉窗。她要換衣服；一趟長路下來，或許也要沖個澡。

浴室和臥房相通。第二扇門對著走道；門閂從裡面推上，急促的動作弄得插梢咔噠一響。

走道同一邊的下一間房是間臥室，小很多，擺著一張單人床。再過去兩公尺的地方，走道通向飯廳。

桌上只擺了一人份的餐具。必須叫人再爲阿…添一副。

光禿的牆上，打死的百足蟲留下的痕跡仍然清晰可辨。任何淡化污漬的工作應該都還沒試過，大概是怕損壞既漂亮也不能洗滌的平光漆。

桌上照慣常的方式擺了三人份的餐具……豐和阿…坐在各自的位置上，談到他們在下周一同進城的計畫，她是爲了採購雜物，他則是爲了探聽他打算買進的新卡車的種種。

他們已經約好出發與返回的時刻，估量過各段路程的的大致長短、計算了扣除午餐和晚餐以外可供辦事的時間。他們沒說明他們是要分別用餐還是碰頭一起用餐。不過這話沒問的必要，因爲只有一家餐館的菜式差堪滿足過路的顧客。他們理所當然會在那裡見面，尤其是晚上，因爲他們在晚飯過後必須立刻上路。阿⋯也理所當然會想趁這個機會進城，不會反倒寧願搭乘坐那麼遠的路並不容易消受的運蕉車，更不會寧捨豐而與土著司機張三或李四結件同行，就算她還親口誇過這人是個優秀的機械師也一樣。至於其他還算差強人意的出門機會，不可否認的，是不怎麼頻繁，甚至寥寥無幾，或者根本沒有；除非她有什麼重大的理由確實非出門不可，而這一來多少總會攪亂農場的正常運作。

她這一次都沒說過要進城，也沒確切說明這一趟要購買的是什麼東西。既然朋友有車到家裡來接她，當天晚上又送她回來，也就用不著特別的理由了。想想，最令人驚訝的，倒是以前居然從來沒有過半次類似的安排。

豐默默吃著有幾分鐘。阿⋯的盤子空了，刀叉並排擺在上面，是她重拾話題問到琦香的近況；由於疲乏（她認爲因暑氣而起），最近時日有好幾次沒能和她丈夫一同前來。

「還是那樣子。」豐答。「我建議她跟我們一起下去港口走走，散散心，可是她不願意，爲了小孩的緣故。」

「沒說海邊還要更熱呢。」阿⋯說。

「更悶倒是眞的。」豐附和道。

於是又交換了五六句話，說到奎寧的劑量在下面和在這裡各需要多重。接著，豐回頭談到他們正在讀的那本非洲小說裡的女主角服用奎寧所引起的副作用。對話就這樣導向故事核心的曲曲折折。

關著的窗子外面，院子裡滿是塵土，不等鋪上碎石的地面有幾處露出石礫來，小卡車的頂篷對著房子。除此之外，卡車準確停放在指定的位置上：也就是說框進左邊一片窗戶內中下兩截的玻璃片裡面抵著中央窗柱，而窗格的小木槓則橫著把它切成大小相等的兩半。

阿⋯從開著的廚房門進入飯廳，走向上了菜的桌子。她繞了一圈從陽台過來，以便順道對廚師說話；廚師起伏有致、滔滔不絕的聲音沒多久以前才響起過。

阿⋯沖過澡之後全身的衣服都換了。她穿上剪裁貼身的淺色連衣裙，琦香認爲不適合熱帶氣候的那一件。她就要坐在她的位置上，背著窗，面對一副還沒動過的餐具，小弟爲她加的。她把餐巾攤開鋪在腿上，開始盛菜，左手掀起還熱的主菜的蓋子，主菜在她待在浴室裡的時候給動過，但是還留桌子中央。

她說：

「這趟路下來我可餓了。」

她接著問起，當她不在的時候農場裏有沒有發生什麼事。她所使用的語詞（有什麼「新聞」）是以輕快的調子說出來的，活潑的語調中並沒有特別作出關切狀。實際上也沒什麼新聞。

然而，阿…似乎難得的渴望說話。她覺得——她這麼說——在這短暫的時間當中，應該有許多事情發生；在她那方面就塞得滿滿的。

在農場裡，這段時間也一樣受到妥善的利用；不過，僅有一些正在進行中而且可以預知的後續工作，向來一成不變，小地方除外。

她自己被問到帶了什麼新聞回來時，只提起四五個不新鮮了的消息：野地土路在出了第一個村莊以後有十來公里長一直還在整修之中，「聖約翰角號」沿著碼頭停泊，等著裝貨，新郵局的工程三個多月來沒有多少進展，市府道路清潔處還是有待加強……

她又盛了一次菜。小卡車最好還是開到庫房裡陰影下，反正中午沒有人要用。玻璃窗的粗玻璃把車身底部前輪後面扭曲成一個大大的弧形缺口。底下有塊上漆的半圓形鐵板從主機體孤立了出來，中間夾著一道鋪滿石礫的地面，折射到距離實際位置五十多公分以外的地方。這塊古怪的盤面還可以隨意更換位置、改變形狀大小：由右而左則放大，反方向則縮小，往下便成新月形，拉高了便是完整的圓圈或是鑲上兩個同心的光輪（可是那種情況很短暫，幾乎是一閃而過）。還有，離遠一點它就溶入母體表面或是突然收縮、消失。

阿⋯還想說幾句話。然而她卻不描繪過夜房間的模樣，她掉過頭說，這話題沒多大意思：誰都曉得那家旅館，知道它有欠舒適、蚊帳縫縫補補。

就是在這個時候她瞥見了她對面光禿的板牆上的蜈蚣。她似乎是爲了不要驚嚇那蟲子，用有所克制的聲音說道：

「百足蟲！」

豐抬起頭。然後，順著他同伴兩眼這下子不動盯著的方向往那邊轉過去。

蟲子在牆板中央不動，雖然燈光柔和，在淺色的油漆上還是看得很清楚。豐什麼也沒說，又看看阿⋯。接著，他站起來，不出一點聲響。在他手裏拿著捲成一團的餐巾走近牆的時候，阿…和蜈蚣一樣都沒有動彈。

指頭細長的手在白色桌巾上抽緊。

豐把餐巾從牆上挪開來，用腳踩死在地磚上踢板旁的什麼東西。他回來坐在原位，燈光在他背後左手邊的餐具櫥上亮著。

當他經過燈前時，他的影子掃過桌面，有一下子還整個把它蓋住。這時候小弟從開著的門進來；他默默的動手撤下餐具。阿…就像往常一樣叫他送咖啡到陽台去。

她和豐兩人坐在各自的靠椅上，有一句沒一句的討論哪一天進城最恰當，他們前一日開始有這計畫。

這話題很快就講完了。他們的興趣沒減，可是再也找不出任何新的題材以資補充。句子變短促了，大部份也只限於重複最近兩天甚至更久以前講過的片言隻語。最後變成單音節，中間隔著越來越長的黑洞，終至不知所云的地步，而他們也完全沒入黑夜之中了。

他們兩人——灰白的連衣裙和襯衫在漆黑中隱約勾出的模糊形狀——並肩坐著，上身後仰靠在椅背上，手臂伸直放在扶手上面，時而不明確的左右移動一下，幅度很小，才一起頭便又已經回歸原位，而且或許只是想像性質的罷了。

蝗蟲也靜下來了。

只聽得到時右時左一隻夜間捕食動物之類的細小叫聲、一隻金龜子突發的嗡嗡聲、一個小瓷杯放上矮桌時碰撞的聲音。

現在，第二名司機的聲音來自庫房那頭一直到達中間的陽台這裡；他在唱一首土著歌曲，歌詞難以理解，甚至根本沒有歌詞。

幾間庫房座落在屋子的另一面，院子右邊。歌聲必然沿著突出的屋簷下繞過辦公室所處的整個邊角，也因此減弱了許多，雖然也有一部分的聲音可以經由南邊門面和東邊人字牆的百葉窗貫穿辦公室而來。

不過，這是個傳得遠的嗓子，圓潤、強勁，儘管音調低沈。此外，也靈巧的從一個音符流轉到另一個音符，然後猛然頓住，很暢快。

這一類旋律的風格特殊，所以難以確定歌聲是因爲某個偶發性的理由而停頓——比如說和歌者手上同時在進行的工作有關——或是因爲曲子本來就到了尾聲。

同樣的，歌聲再響起來也是很突然、很突兀，那些音符不怎麼像起頭，也不像接續的中段。

相反的，其他的地方倒又有什麼東西像是在收尾：漸次下降、重獲平靜、言盡於此的感覺；可是，應當是最末一個的音符之後卻又有一個音符接下去，沒有任何聯貫性方面的處理，一樣的悠然自如，然後又是一個、許多個音符連下去，等到聽者以爲進入歌謠正當中的時候，又整個停了，沒有一點預告……

臥室裡，阿…埋首在手上正寫著的信裡。她面前的藍色信紙上還只有幾行字；阿…相當快的加上三四個字，之後筆又懸空。過了一分鐘，她抬起頭，這時庫房那邊歌聲再起。

也許是同一首曲子繼續唱下去。如果主旋律偶爾轉模糊不清，那是爲了方便稍後加強再出現，除了小地方以外一模一樣。不過，這些反覆、這些微細的變化、這些間歇、回轉所造成的改變——雖然勉強可以感覺而已——一曲下來可以偏離原始起點非常遠。

阿…為了聽個明白，轉過頭面向她身邊敞開的窗戶。谷底有幾個粗工正在修理橫跨小河的圓木橋。他們清除了四分之一左右寬的護橋土。他們正準備換下遭到白蟻侵襲的木頭，補上沒去皮、筆直、預先砍對了長度的新樹幹；樹幹橫躺在橋前的路口。搬運工人沒按順序把它們排整齊，卻隨便丟在那裡，橫七豎八。

前兩根木頭彼此平行（也和河岸平行）擺著，其間的距離相當於兩者一致的直徑的兩倍。第三根在三分之一長的地方斜切兩者。下一根和這一根成直角，頂著它的末端；它的另一頭幾乎和最後一根相連，形成一個鬆鬆的V字，尖端大開。可是第五根這根圓木也和第一、二根平行，所以也和小橋下的水流同一個方向。

從上一次重修橋面起，已經有多少時間流逝？木頭原則上是經過防蟻處理的，但是工夫必定有所不足。這些樹幹覆蓋著泥土又遭週期性的小水患浸泡，遲早免不了蟲害倒是真的。有效又長遠的保護措施有賴騰空遠離地面的架法，比如住屋就是這種蓋法。

臥室裡，阿……繼續用她細密端正的一手字在寫信。信紙現在寫滿了半張。但是留著黑而柔軟的鬈髮的頭部慢慢抬起來，開始轉向敞開的窗子，慢慢的，不過頓也沒頓一下。

橋下工人的數目有五，和替換的樹幹一樣。他們這時都採相同的姿勢蹲著：兩隻前臂支在大腿上，手垂在張開的膝蓋中間。他們面對面排開，兩個在右岸、三個在左岸。他們大概是在商討如何著手來完成工作，或者是搬樹幹搬到那裡累了，再出力之前先休息一番。總之，他們動也絲毫不動一下就是了。

他們後面的香蕉園裡，一塊梯形的地往上游延伸，那裡從初種起根本還沒收割過，五株一叢的蕉樹依然是百分之百的齊齊整整。

小橋兩頭的五個男人也作對稱式的排列：兩條平行線上的兩組人內部的間隔相等，而右岸的兩個人物——只有背部看得見——就處在左岸他們的三個夥伴所形成的線段的垂直平分線上；三個人看向房子，阿…站在裡頭，洞開的窗口後面。

她站著。手裡拿著一張紙，是很淺的藍顏色，普通信紙的尺寸，有很清楚的四摺痕跡。可是她的手臂半垂，紙張才到腰的高度；眼光則高出許多，游移在對面谷壁最高處的地平線上。阿…聽著遙遠但仍清晰一直傳到陽台上的土著歌曲。

走道門的另一邊，辦公室裡相對的一扇窗戶底下，是豐坐在他的靠椅上。

阿…自己去找了飲料來，把裝滿東西的托盤放上矮桌。她打開甘邑，往三個並排的玻璃杯裡倒。接著又在杯裡倒滿氣泡水。分出去頭兩杯以後，輪到她走去坐在空椅上，手裡拿著第三杯。

這時她才問，平常都加的冰塊這一次是不是也需要。她的說詞是，兩隻瓶子都是從冰箱裡拿出來的；然而，兩者只有其一在接觸到空氣時蒙上水汽。

她叫喚小弟。沒人回應。

「我們當中最好有個人去一趟。」

可是他和豐兩人都坐著不動。

廚房裡，小弟已經在挖冰格裡的冰塊，女主人如此吩咐，他聲明道。他又加一句說，他會馬上送到，反而沒講明是在什麼時候下的指示。

陽台上，豐和阿…留在各自的靠椅裡面。她不急著分冰塊：她還沒碰小弟剛放在她旁邊的光面金屬桶，一層輕輕的水汽已經掩去它的光澤。

豐和坐他旁邊的阿…一樣，直直往前看對面谷壁最高處的地平線。一張很淺的藍色信紙摺成好幾摺——大概有八摺——此刻冒出他襯衫右邊的小口袋。左邊口袋還仔細釦著，另一邊的蓋子讓超出卡其色粗布邊緣一公分多的信件給頂著。

阿…看見引來眼光注視的淺藍色紙張。她開始解釋一項誤會，她和小弟之間有關冰塊的事。她難道對他說過不要送來？不管如何，這是她第一次沒能讓她的僕人明白她的意思。

「什麼事總有第一次嘛。」她平靜的笑著回答。她的綠眼睛從來眨也不眨，只映出天上什麼東西的一段輪廓。

最下面，河谷的底部，圓木橋兩頭人物的位置排列不一樣了。右岸的工人只剩下一名，其他四人則面對著他並排。不過他們的姿勢沒有一人改變了。落單的那名後面的新木頭少了一根：交疊在另外兩根上面的那根。反之，左岸出現一根表皮帶泥的樹幹，遠遠放在四名望向房子的工人後面。

豐突然一使勁從椅子上站起來，並且把剛一口氣喝乾的杯子放回矮桌上。杯底不再有冰塊的踪跡。豐踏著僵硬的步子直到走道門前。他在那裡停下來。頭和上身轉往阿…保持坐姿的方向。

「眞對不起，我實在不是個好機械師。」

可是，阿…的臉孔沒有轉向那一邊，豐說這話時強笑的模樣遠在她的視野之外，再者，他強笑的模樣馬上和失去光采的全套白西裝一齊沒入半明半暗的走道之中。

他臨走時擺到桌上的杯子底部那粒一邊圓、一邊呈斜面稜角的小冰塊終於溶化了。稍遠處依序是氣泡水、甘邑，然後是跨河小橋。蹲在上面的五個男人現在的排列如下：右岸一人，左岸兩人，另外兩人就在橋面上靠下游那邊；所有的人都朝著他們像是全神貫注仔細看的一個共同的中心點。

只剩下兩根新木頭要安裝。

然後豐和女主人坐進原來的兩把靠椅裡，不過他們交換過座位：阿…坐豐的椅子，豐則在阿…的椅子上。所以是豐靠近放著冰桶和瓶子的矮桌旁。

她叫喚小弟。

他立刻出現在房子邊角的陽台上。他踩著機械化的步伐走向小桌，將它端起來抬走，沒有打翻上面的任何東西，然後整個放在稍遠處他女主人附近。接著，他一句話也沒說，還是踩著機器人的腳步，繼續朝同一個方向走他的路，直到房子另一角、東側陽台，也在那裡消失。

豐和阿…一直無言坐在靠椅深處不動，繼續盯著地平線。

豐在講他的轎車拋錨的故事，邊笑邊比畫，活力、生氣都過於旺盛。他抓起身邊桌上的玻璃杯，一口氣喝光，好像他不必咽就可以吞下那液體：整杯一下直入喉嚨。他把杯子放在桌上他的盤子和菜盤的盤墊之間。他馬上又吃起來。他奇佳的胃口因爲他一連串的大動作而更顯得聲勢不凡：右手輪番抓起刀、叉和麵包，叉子交替著從右手遞到左手，刀子把肉切成一口又一口，每完成一次之後又放回桌上，以便把場地留給叉子作換手的把戲，叉子在盤子和嘴巴之間來來往往，臉部的所有肌肉在認眞咀嚼的時候有節奏、有規律的扭動。他嘴裡咀嚼未完，全套動作已經跟著加速重新再來一遍：

右手抓起麵包送進嘴，把麵包放在白桌巾上面，抓起刀子，左手抓起叉子，叉子叉住肉，刀子切下一塊肉，右手把刀子放在桌巾上，左手把叉子塞進右手，叉起肉塊，送進嘴，嘴開始咀嚼，壓縮和伸展的動作傳向整張臉，直到顴骨、到眼睛、到耳朵，這時右手再拿起叉子遞給左手，然後抓起麵包，然後是刀子，然後是叉子⋯

小弟從敞開的廚房門進來，走近桌子。他的腳步越來越細碎；當他一個個拿起盤子放到餐具櫥上面再換上乾淨盤子的時候，他手上的動作也是如此。之後他立刻一板一眼擺動著手腳出去，好像是一架機關嫌粗劣的機器。

就是在這個時候發生打死百足蟲在禿牆上的一幕：豐站起來，拿著餐巾，走近牆，把百足蟲打死在牆上，挪開餐巾，把百蟲足踩死在地上。

指節細長的手在白色麻布上抽緊。張開的五根指頭分別向下收攏，按得那麼用力，以至於也拉動了麻布。手指留下一束五條相匯但長許多的溝紋皺痕。

只有第一個指節還看得見。無名指上閃著一枚戒指，一環略略高出皮肉的細緻金圈。手四周有放射狀的皺痕展開，越是遠離中心越是舒緩、越是平坦，可是也越寬闊，最後變成一個平整的白色表面，豐跟著放上他棕褐色結實的手，上面戴著一枚寬而扁的金指環，式樣相彷。

就在旁邊，刀子的鋒面在桌巾上投下一道小小的深色印記，長長彎彎的，還有一道細小的齒紋。棕褐色的手在周遭游移了一下以後忽然舉到襯衫口袋那裡，機械的再一次要把露出一公分多的八摺淺藍色信件插深一點。

襯衫是用硬質布料做的，一種卡其色的斜紋棉布，由於洗過多次，已經有點褪色。口袋上緣下面有一道水平的針腳，成雙的第二道針腳成大括弧狀，尖端向下。尖端末梢縫著鈕釦，平常的時候是用來釦住口袋的。鈕釦的質料是灰黃色的塑膠；縫線在中央交叉，呈小十字形。露出來的信上寫滿細密的字跡，和口袋緣成直角。

右邊接著依序是卡其襯衫的短袖、位在餐具櫥中央的土製鼓腹陶壺，然後是放在櫥尾兩盞沒點亮的油氣燈，靠牆並排；再往右邊過去是室內邊角，緊臨的是第一扇窗一片打開的窗戶。

於是豐的車子被對話自然的帶入窗玻璃之中，上場了。那是一輛美造的大型藍色轎車，車身——雖然滿佈灰塵——像是新的。馬達的情況也非常好，從來沒給車主惹過麻煩。

這人沒放開方向盤。只有他的女乘客下來踏上院子多石粒的地面。她穿著細緻的鞋子，後跟非常高，必須小心把腳踩在最不會凹凸不平的地方。可是這種事一點也難不倒她，她甚至可以說不覺得有任何困難。她挨著車前門站住，越過放到底的玻璃窗傾身至灰色的仿皮漆布坐墊上方。

下身寬大的白色連衣裙幾乎從腰以上全消失了。頭、手臂還有上身嵌進開口裡，同時也有礙觀看車裡的動靜。阿…大概正在收拾剛買的東西好一起帶走。但是左手肘再出現，接著馬上是前臂、手腕、手掌，而手掌抓著窗框邊緣。

又停頓一下之後，輪到肩膀完全露出來，然後是頸部還有頭部和厚重的黑髮，太過活動的髮型有點散亂；最後是右手，手裡拎著一個很小的立方體綠色包裹。

阿…從藍車邊走開時，在琺瑯窗框垂直部位的灰塵上留下四道平行指印的左手急忙舉起整理頭髮，回頭再看最後一眼以後，踩著堅定的步伐走向房子大門。院子凹凸不平的表面像是在她面前整平了，因爲她看也不看她腳下一眼。

然後她頂開大門門扉再隨手關上。從那個起點她可以一連看盡全屋各處：主廳（左邊是客廳，右邊是飯廳，那裡已經擺著晚餐用的餐具）、中央走道（兩側共有五扇門，右邊三扇、左邊兩扇，全關著）、陽台，還有就是欄杆之外河谷對面的谷壁。

坡地由山脊開始直向分成三部分：一條不規則的帶狀荒地、兩塊先後栽種的耕地。荒地的顏色帶著棕灰，上面稀疏長著綠色的灌木。一叢較爲可觀的樹木標出這一段土地耕作的最高點；樹叢位在一塊和彎曲的吃水線成斜角的長方形耕地的邊角；地裡初長的羽狀蕉葉之間還有多處可以看到裸露的地面。低一些，第二塊地成梯形，正在收割當中：及地砍掉的樹幹留下盤子般大小的白色圓面和依舊屹立的成年蕉樹，兩者的數目大致相等。

這塊梯形耕地在下游方向的邊界上，有一條直通跨河小橋的路徑，因而更形明顯。橋上的五個男人現在排成四外一中的形狀，兩邊河岸各兩人，中間一人蹲著，面朝上游，看著垂直土面東一處西一處有些坍方的河兩壁中間往他的方向流過來的泥濁河水。右岸一直還有兩根新的樹幹等著安裝。兩者之間形成一個鬆鬆的V字，尖端張開。橫在攀向花園和房子的路上。

阿…剛回來。阿…去探望過琦香，她有好幾天因爲小孩身體不好無法出門；孩子和母親一般嬌弱，同樣不能適應殖民地的生活。阿…由豐開車送回來直到門口，她穿過起居室，沿著通道走到面對陽台的臥室。

窗子整個上午都大開著。阿…走近第一扇，關上右邊那片窗戶；放在左邊那片上面的手則半途停下手中的動作。她的臉側面探進窗口，頸子挺直，耳朵在聽著。

第二名司機低沈的聲音直傳到她耳中。

那人唱著一首土著歌曲，一個沒歌詞的長句，似乎永遠不會結束，雖然沒來沒由的突然停了。阿…完成手中的動作，推上第二片窗戶。

她隨後關上另兩扇窗子。不過她沒扳下任何一扇百葉窗。

她在梳妝檯前坐下來，凝視橢圓鏡裡的自己，動也不動，手肘支在大理石上，兩手各按著臉孔兩邊的太陽穴。臉上連一道線條都不動，長著長睫毛的眼瞼也是，甚至綠色虹膜中央的瞳孔也一樣。她就這樣被自己的眼光定住，專注又平靜，好像沒有感覺到時光的消逝。

她歪向一邊，手拿著玳瑁梳子，在用飯之前重整她的髮型。有一部分厚重的黑色鬈髮垂在頸後。空著的那隻手將細長的指頭插入髮內。

阿…和衣躺在床上。一隻腳擱在緞子被面上；另一隻在膝蓋那裡打彎，半垂在床邊。這一邊的手折向壓陷長枕的頭顱。另一隻手橫著伸在十分寬闊的床上，和身體大約成四十五度角。臉孔朝著天花板。眼睛在半明半暗之中顯得更大。

床附近同一面板牆邊靠著一個厚重的五斗櫃。阿…站在半開的第一層抽屜前，彎腰在找東西或是在整理內部。這項工作很冗長，身體沒有有任何移動的必要。

她坐在介於走道門和寫字檯之間的靠椅上。她又在讀一封留下十分明顯的八摺摺溝的信件。長腿上下交疊著。右手將紙張拿在面前空中；左手抓緊扶手末端。

阿…坐在第一扇窗旁桌前，正在寫信。她更像正準備要寫，要不就是剛寫好。筆懸在紙上幾公分的地方。頭朝掛在牆上的年曆那個方向抬著。

在這一扇和第二扇窗子之間，位置正好夠擺大衣櫃。阿…貼近站著，所以人只有從第三扇才看得見，面對西邊人字牆那一扇。那是個帶鏡子的衣櫃。阿……全神貫注，湊近看自己的臉孔。

她現在更往右移，藏身在室內角落，那裡也是房子的西南邊角。從中央走道和浴室的任何一個門口都不難觀察她的動向；可是兩扇都是密實的木門，沒有可以透過去看的百葉窗。至於三扇窗子的百葉窗，現在也沒有一扇能讓人瞧見什麼。

現在房子空了。

阿…和豐到城裡去購買急需的物品。她沒說明是些什麼物品。

他們一大早就出發了，以便有足夠的時間買他們的東西，而又可以在當天晚上回到農場。

他們在早上六點半出門，算好在午夜稍過以後到家，總共有十八個小時不在，而其中至少有八個小時在路上，假使一切順利的話。

可是野地土路狀況不佳，永遠有延誤之虞。兩人就是匆匆用過晚餐之後即刻照原訂時間上路，也很可能只會在半夜一點左右甚至更晚許多才到家。

這中間，房子空了。臥室裡所有的窗子都開著，通往走道和浴室的門也是。浴室和走道中間的門也大開著，從走道直通中間的陽台那扇也一樣。

陽台也空了；今早沒有任何一把休閒用靠椅給搬出來，喝飯前酒和咖啡用的矮桌也沒有。但是辦公室敞開的窗子底下，地磚上留著椅子八隻腳的痕跡：兩組四個發亮的圓點，比周圍光滑，作四方形排列。右邊四方形的左邊兩角離左邊四方形右邊的兩角不到十公分。

這些光亮的圓點只有從欄杆看過去才一清二楚。觀察者一走近就變模糊。從正上方的窗口直直看下去，甚至連位置都找不到。

這間的家具十分簡單：靠牆面的文件櫃和書架、兩把椅子、一張帶抽屜的厚重書桌，桌角立著一個嵌眞珠貝的小相框，框裡是一張在歐洲海濱拍的照片。阿……坐在一家大咖啡館的露天座上。她的椅子斜著擺在桌子旁邊，她正準備放下手裡的玻璃杯。

桌子是個金屬圓面，打了無數小洞，最大的構成一個複雜的圓花飾：許多S形字，全部由中心旋出，就像成雙弧的車輪輻條，另一端則在圓面的邊緣作螺旋形內彎。

支撐的腳架是一根三者合一的細長桿子，成三枝分開之後又改變折向再一次會合，在通過中心軸線的三個垂直面上盤成三個相似的螺旋，螺圈下緣架在地面，稍高處用一個圓環套在一起。

椅子也是用打洞的金屬板和金屬桿製成的。要看它盤繞的情形比較困難，因爲坐在上面的人把它遮住了一大半。

桌上，第二個玻璃杯旁邊，靠近相片右緣，擱著一隻男人的手，銜接的是西裝的袖口而已，因爲袖子被垂直的白邊切斷。

照片上其他可以看清楚的椅子片段全像空無一人。這露台上沒有半個人，房子裡其他的地方也一樣。

飯廳桌上只擺了一副午餐用的餐具，在面對廚房門和餐具櫥那邊，櫥長而低，長度由門到窗。

窗關著。院子空了。第二名司機該是把小卡車停到庫房邊清洗去了。在它慣常停放的位置上只留下一大灘黑色的斑漬，和院子多塵土的表面成對比。那是馬達點點滴滴落在同一個地方的油污。

有粗糙的窗玻璃上面的瑕疵，要消除這個斑漬不難：只需連續試著將弄黑的表面帶到玻璃的盲點上便成了。

斑漬開始先擴大，有一邊脹大成爲圓形的隆起，光是這裡就比整個原斑要大。可是，幾公釐以外，這個腹狀突起轉而變成一組同圓心的細小月彎，越遠越細，最後只成線狀，而同時斑漬的另一邊則縮成帶柄的尾巴。這尾巴有一刻輪到它粗大起來；然後又一下子什麼都消除了。

玻璃後面，中央窗柱和小木槓構成的窗角只剩下院子多塵土的碎石地面帶灰黃的色彩。

對面牆上，百足蟲在那裡，在牠留下印跡的位置上，在牆板正中央。十公分長的斜向線條停了下來，正好在眼光的高度，在踢板（走道門檻邊）稜線和天花板角落的半路上。那蟲子不動。只有觸鬚一起一伏，緩慢但持續的交替擺動。

牠後端的足肢十分發達——最末一對尤其如此，長度超過觸鬚，可以明確的認出來那是蜈蚣，又名「百足蜘蛛」，或者是「快步百足」，因爲土著相信，給牠螫到發作得快，傳說會致命。實際上，這一種的毒性並不大，至少要比這區域常見的許多毒蜈蚣來得小。

突然，前半身開始走動，原地一轉，於是暗色的體線往內折向牆下方。不過，還來不及走遠，那蟲子立刻掉落到地磚上，半扭著身，逐節抽緊長腳，而下顎因反射性的抖顫空自在嘴四周飛快的張張合合。

十秒鐘過後，只剩下棕紅色的泥醬，夾著無法辨認的細部碎片。

而相反的，在光禿的牆上，打死的蜈蚣留下的圖形一清二楚，不全但是邊際分明，像畫出局部的解剖學插圖一樣的忠實：一根觸鬚、兩片彎曲的上顎、頭部、第一個環節、第二個環節半邊、幾隻大尺寸的足肢等等……

那圖像似乎擦不掉。上面沒留下任何突起、任何有厚度的乾化污斑可以用指甲摳下來。那樣子倒是比較像沁入油漆表層的褐色墨水。

再者，洗牆也行不通。這種平光漆恐怕禁不起洗，因爲它比加亞麻油作底的普通亮光漆——這一間從前用的漆——要脆弱許多。最好的辦法是用橡皮，用一塊很硬的細粒子橡皮，比如說，用辦公桌左邊第一個抽屜裡打字機用的橡皮擦，一點一點的磨去弄髒的表面。

足肢或觸鬚片段的細長線條用橡皮一擦馬上擦掉。身軀的絕大部分扭成問號，越往折曲的末端越模糊，已經相當淡，不用多久便完全擦乾淨。可是頭部和起頭的幾個環節就需要多費一點工夫：很快去掉顏色之後，殘留的形狀有相當長一段時間僵持不下。外廓只是變得沒那麼清晰罷了。現在硬橡皮在同一點一擦再擦也起不了大作用。

非得有進一步的行動不可：用刮鬍刀的刀片一角輕輕的刮。白色的灰粉從牆面上落下來。這工具精巧，可以很準確的限定收拾的範圍。再用橡皮打光，大功便告完成。

不當的痕跡完全消失了。原地只留下比較淡、周邊模糊、沒有明顯凹陷的一塊，大不了可以當它是表層無傷大雅的小瑕疵。

紙可卻磨薄了，變得比較透明、欠均勻也有點起毛。同一把刀片在兩指之間打彎挺出中央的鋒面，還可以用來割平橡皮擦出來的鬚毛。最後，指甲面把殘存的凹凸磨光滑了。

在充足的光線底下仔細檢查淺藍色紙面，會發現有兩道下垂筆劃大概是用力過重所造成的字跡有一部分不為所動。只要是沒再在紙上寫個字巧妙蓋住多餘的兩筆以資取代，黑墨水遺留的痕跡便一直都看得見。除非是讓橡皮再來一下。

它此刻在辦公桌的深褐色木頭上面顯得突出，嵌眞珠貝的相框——裡頭的阿…正準備把手中的玻璃杯放回打了無數小孔的圓桌上——跟前的刮鬍刀片也一樣。橡皮是一個薄薄的粉紅色圓盤，中央有白鐵圓片。刮鬍刀片是一個長方體，光滑而且沒有厚度，窄的兩頭成圓弧，中間成直線打了三個洞。中央的一個是圓的；兩旁的兩個，除了比例縮小很多以外，形狀和整個刀片完全一致，換句話說是兩頭成圓弧的長方形。

阿…的椅子斜著擺在桌子旁邊，她不看正準備放下的玻璃杯，卻往相反的方向轉過頭朝攝影師微笑，好像在鼓勵他拍下這張即興照。

攝影師沒把照相機放低和模特兒等高。他甚至像是站上什麼東西：長石椅、台階或是矮牆。阿…必須仰起臉將就鏡頭。修長的頸子往右邊伸直。這一邊的手自然的支在座位邊緣、貼著大腿；裸露的手在肘關節那裡稍稍打彎。膝蓋張開、腿半伸、足踝相交叉。

纖細的腰部束著一條有三個鈎子的寬皮帶。左手伸長，杯子拿在透光的桌子上面二十公分的地方。

濃密的黑髮自由垂在肩上。帶棕紅色反光的厚重鬈髮髮浪只要頭部有絲毫的動靜便會抖顫。頭部應當是有一些細微的動作，動作本身難以覺察，可是，經過頭髮從肩膀一邊到另一邊加以放大，便造成閃閃發亮的波動；波動很快便平息，但動力突然復生轉化成稍低處的一連串抽搐、再低處、更低處的一陣痙攣。

臉龐俯在桌上，因爲坐姿的關係被擋住，手也看不見，在桌上忙著做什麼精細又費時的工作：織補一條細緻的絲襪、修一手指甲、繪一幅小號的鉛筆畫、用橡皮擦污跡或是一個不貼切的字眼。她時而挺直上身，退一步好評斷她手上的工作。她緩慢的把脫離一頭太不安定的黑髮也礙她事的一綹短髮往後撥。

可是，不聽話的髮絡留在讓肩膀的肌肉繃緊的白色絲綢上，畫出一條末尾倒勾的波浪。富活動性的頭髮底下，纖細的腰部在背部的中心軸線上被連衣裙細密的金屬拉鏈垂直切分。

阿…站在陽台上、房子角落，支撐西南角屋頂的方柱旁邊。她兩手支在欄杆上，面朝南，高據花園與整片河谷之上。

她人在太陽照射之下。光芒直截了當的打在她身上。但是她不怕，就是正午時刻也一樣。縮短了的影子垂直投在地磚上，長度所佔不過一個方塊的大小。兩公分之後是屋頂陰影的起點，陰影和欄杆平行。太陽差不多在天頂。

兩隻綳緊的手各據胯骨兩旁，間隔距離相等。兩手手掌握著木製橫杆的方式一模一樣。由於阿…讓全身的重量平均落在高跟鞋的兩個後跟，整個身體因此左右完完全全對稱。

阿…站在客廳裡一扇緊閉的窗戶跟前，正好面對著由大路延伸下來的路徑。她透過玻璃、越過多塵土的院子，直直看向路徑的入口；房子的陰影在院子裡投下寬三公尺左右的帶子。其他地方盡是白花花的陽光。

大廳相形之下顯得陰暗。在裡頭，連衣裙染上幽深處的冰藍。阿…一點動作也沒有。她繼續往前直直凝視著香蕉樹之間的院子和路口。

阿…在浴室裡，面對走道的門半開。她並沒有忙著在梳洗。她靠著上白色烤漆的桌子，站在到她胸脯高的方形窗戶前。在洞開的窗口之外，陽台、透光的欄杆還有底下的花園之上，她的眼光只能看到一片綠色的香蕉樹，還有，再遠一些，突出於從高原往平地下降的大路上的岩質山鼻子；太陽剛消失在那後頭。

在這些沒有黃昏的國度裡，隨之而來的黑夜不會慢慢落下。烤漆桌很快變成較深沈的藍色，連衣裙、白色地面、浴缸兩側也一樣。整間浴室全沒入黑暗之中。

只有窗子形成一個比較明亮的紫色方塊，上面有阿…的黑色輪廓突顯出來：兩肩、兩臂的線條、頭髮的外緣。在這樣的亮度底下無法知道她的頭顱的方向是正是反。

整個辦公室裡的光線忽然暗下來。太陽下山了。阿…已經完全消失。照片只剩在餘光中發亮的嵌貝珠貝相框尚可辨認。前面也有刀片的平行四邊形和橡皮中央的金屬料橢圓形在發亮。可是亮光沒持續多久。眼睛現在不再能辨別任何東西，雖然窗子開著。

五名工人一直在谷底的崗位上，在小橋上蹲成外四中一的形狀。小河的流水還閃耀著全黑以前的最後反光。接著，什麼也沒有了。

陽台上的阿…不久就該合上書了。她一直讀到光線不足爲止。於是她抬起頭，把書放到手邊的矮桌上，人保持不動，裸露的雙手平伸在椅子扶手上面，上身後仰靠著椅背，睜大兩眼面向空洞的天、不在了的香蕉林，還有輪到它也被黑夜吞噬了的欄杆。

蝗蟲震耳欲聾的鳴聲已經充斥耳中，好像一直都在那裡響著似的。持續、無漸進感、沒有音調變化的喀喳聲又在全力進行當中，已經有好幾分鐘甚至幾小時之久，才會沒有任何一刻能當起頭來看待。

現在場地整個暗了。眼睛倒是已有足夠的適應時間，但是還沒有任何物品浮現，連距離最近的也一樣。

不過，現在屋角附近又有了欄杆，正確一點說是半截的直杆，還有上面的橫杆扶手；地磚逐漸在欄杆腳下顯現。牆壁邊角的垂直線轉趨明顯。強光從背後湧出。那是一盞點亮的大型油氣燈，照著行進中的兩條腿，裸露的膝蓋和腿肚之間的高度。小弟走近，長手的尾端提著燈把子。影子在四處跳躍。

小弟還沒走到小桌前，阿…明確而平穩的聲音就響了起來；她要他仔細關上窗之後把燈放在飯廳裡，像每天晚上那樣。

「你是知道不該把燈帶到這裡來的。燈光招蚊子。」

小弟什麼也沒說，也一刻都沒停下來。連腳步的規律也沒變。走到門邊時他往走道的方向轉四分之一圈，消失在那裡，只在身後留下蒼白的微光：門口、陽台地磚上的一個長方形、另一端的六根直欄杆。然後什麼也沒有了。

阿…對小弟說話沒有轉過頭。她的臉孔右邊受到燈光的照射。強光下的側面隨後停留在視網膜上久久不去。在連距離最近的物品都不會浮現的黑夜裡，光斑隨心之所欲而移動，強度沒有減弱，也保留著前額、鼻樑、下巴、嘴唇的邊線。

光斑在屋牆上、在地磚上、空洞的天上。在河谷各處，從花園起直到小河乃至對面谷壁各處。同樣在辦公室裡、臥室中，在飯廳、客廳中、庭院裡，往大路延伸遠去的路徑上。

然而阿…沒有移動一分一毫。她沒有張開嘴說話，沒有出聲擾亂夜裡蝗蟲的喧鬧；小弟沒來過陽台，所以也沒把燈帶過來，因爲他知道他的女主人不要燈。

他把它帶到女主人現在正作著出門前準備的臥室裡。

燈放在梳妝檯上。阿…正要結束她的淡妝：唇上的口紅僅止於描出嘴巴的天然色彩，可是口紅在太生硬的光線下顯得比較黑。

太陽還沒出來。

豐等一下會來載阿…帶她到港口去。她坐在橢圓鏡前，鏡裡照出臉的正面，只有一邊受光，和距離不遠的臉孔側面相輝映。

阿：：更往鏡前俯下身。兩張臉相互靠攏。兩者之間僅有三十公分寬。不過卻各自保持各自的形狀和角度：彼此平行的側面和正面。

右手和鏡裡的手在唇上和反影上準確畫出雙唇的形狀，鮮明一點、清晰一點、稍稍深一點。

走道的門上輕敲了兩下。

那張嘴和那半張嘴一下子同時打開：

「什麼事？」

聲音有所抑制，像在病人房裡，或者像小偷對同夥講話的聲音。

「那先生，他來了。」小弟出聲在門板的另一邊答道。

倒是沒有任何馬達聲打破寂靜（不是眞正的寂靜而是壓力燈不斷的嘶聲）。

阿：：道：「我就來。」

她動作平穩、不慌不忙的完成下巴上方的唇線。

她站起來，繞著大床穿過臥室，拿起五斗櫃上的手提包和細緻的白色寬邊大草帽。

她不聲不響的打開門（倒也沒有過度的小心），走出去，隨手關上門。

腳步聲沿著走道遠去。

大門開開又關上。

這時六點半。

整棟房子全空了。從早上起就空了。

現在是六點半。太陽消失在高原主要突出部分末端的岩質山鼻子後頭。

這夜黑暗、靜止，沒有帶來一絲清涼的感覺，蝗蟲震耳欲聾的鳴叫聲充斥，好像其來久遠。

阿…不會回來吃晚飯，她跟豐在上路之前在城裡吃。她沒說要準備什麼等她回來。可見她什麼也不需要。沒有必要等她。至少沒有必要等她回來吃晚飯。

小弟只在餐桌上擺了一副餐具，面對長而矮的餐具櫥；這櫥幾乎佔滿廚房門口和朝院子那扇窗子之間的板牆。窗子關著，窗帘沒拉上，露出六格黝黑的窗玻璃。

大廳裡只點著一盞燈，燈在桌上西南角（也就是靠廚房那邊），照亮了白桌巾。燈右邊有個調味汁的小汙點標出豐的位置：一個拖長而且曲折的印子，四周有比較微細的毛邊。另一邊，光芒就近垂直打在光禿的牆上，被豐打死的百足蟲的圖像暴露無遺。

蜈蚣的每一隻腳都有長度相近的四節，印在平光漆上的腳卻沒有一隻完整——也許左邊第一隻除外。可是那隻伸直了，而且幾乎筆直，以至於難以確切的找出關節的位置。原來的足肢可能更要長許多。觸鬚也是，大概也沒在牆上留下由頭到尾的印跡。

白色的盤子裡，一隻螃蟹攤開五對腳，關節很明顯、結實，對得正、套得準確。嘴巴四周的許多附屬器官尺寸小一些，也是兩兩相似。這動物用它們發出一種嘎嗞、嘎嗞的聲音，很近就聽得到，跟蜈蚣在某些情況時發出的聲音相同。

可是燈不間斷的嘶嘶聲弄得什麼也聽不到；耳朵只有在試著要聽出另一個聲音的時候，才會察覺燈在嘶嘶作響。

陽台上，小弟終於搬來了小桌和一張靠椅，燈的響聲遇有鳴叫聲打斷便消失。

蝗蟲靜下來好久了。夜已經很深。無星也無月。沒有一絲風。這是個漆黑的夜，安靜、燠熱，像所有其他的夜晚，只有一些夜間捕食動物高亢短促的叫喚、一隻金龜子突發的嗡嗡聲、一隻蝙蝠摩擦翅膀的聲音時左時右加以打斷。

然後是一陣沈寂。可是一個比較含蓄，類似呼嚕聲的響聲使耳朵爲之一豎。聲音立刻停了。燈的嘶聲又佔上風。

再者，那個也比較像咕噥聲而不像汽車馬達的聲音。阿…還沒回家。他們有點延誤，路況不佳，這種事很正常。

燈確實招蚊子；但卻是招引向它自己的亮光。所以只要置放在某個距離之外便不會受到它們或是其他昆蟲的騷擾。

它們全繞著玻璃罩打轉，環狀的飛翔軌跡伴著油氣燈無變化的嘶聲。它們微小的體形、它們的距離、速度——越近光源越快——使人無法辨別它們的身體、翅膀的形狀。甚至不可能分辨出它們之中不同的種類，更不可能說出它們的名字。運動中的小東西大致順著水平面或是略帶傾斜的平面畫出橢圓形的圈子，在不同的高度切過燈的長紗罩。

可是那些軌跡很少以燈爲中心；差不多全都偏離一邊，或左或右，有時偏差大到塵粒般的小蟲因而消失在夜色裡。但牠立刻又進場——或是另外一隻代之而來——不多久也縮小軌道，以便和其他同種在一個受到強烈照明、約一公尺半長的共同區域中起落。

每一刻總有幾個橢圓圈變窄，直到與燈罩兩邊（前後）相切。這時橢圓圈縮到不能再小，長寬都是，也達到了最高的速度。但是，快節奏維持不了多久：帶頭的一隻突然一偏又平靜的繞著轉起來。

此外，幅度也好、形狀或是多少有點離心的情況也罷，在這一群昆蟲內部的變化可能無休無止。要掌握這些變化必須可以區別每個個體。那樣做不可能，而且，整體上也有種穩定性在，所以沒有餘地細究內部的意外變動、來來去去。

一隻動物高亢而短促的叫聲在很近的地方響起來，好像出自花園，就在陽台腳下。接著，三秒鐘之後，相同的叫聲標出牠的位置在房子的另一邊。然後又是一陣沈寂，並不是眞的沈寂，而是一模一樣的許多叫聲持續不已，微弱些、遠些，在香蕉林裡、河流附近，也許是在河谷對面的整片谷壁上。

現在有個比較低沈、沒有那麼稍縱即逝的聲音吸引了注意力：一種咕噥、呼嚕、轟隆的聲音……

可是，聲音還不夠明朗化便告絕跡。耳朵試著再尋找這聲響卻不可得，在夜裡聽到的還只是壓力燈的聲息。

那是種怨嘆的聲音，高亢、帶一點鼻音。可是因爲很複雜，所以在不同的高度都各有和聲。聲音極端的穩定持久，悶啞而又尖利，充塞頭顱和整個夜，好像不是從任何地方傳來似的。

燈四周昆蟲的圓舞永遠是一個樣子。然而，仔細觀察，眼睛最後還是可以認出有些小蟲要比其他的大一些。不過還沒大到足資確定所屬種類的地步。襯著黑色的背景，牠們也只構成一些淺色的斑點，越近燈光越明亮，經過燈罩前面背光的時候則突然變黑，接著又完全恢復光亮，亮度越近軌跡的頂點越是減弱。

斑點突兀的往玻璃罩的方向撲回去的時候就猛然一撞，發出乾脆的叮噹聲。掉落桌上，它又變成一隻灰紅的鞘翅目，合著翅翼，緩慢的在顏色較深的木板上繞圈圈。

其他跟這一隻相同的小蟲也已經像牠一樣跌落在桌上；牠們漫無目的遊蕩，猶豫的步伐走出有許多曲折的路線，目標不明。其中一隻忽然豎起薄膜狀的翅翼成V字形，未梢彎曲，展開來，飛上去，並且馬上回到小蟲隊裡。

可是牠屬於最重、最慢的分子之一，所以眼睛也最容易追蹤。牠畫出來的螺形圈恐怕包含在變化最爲多端的一類之中：成環狀、帶齒尖，忽而上昇隨後急劇下降，有折曲、有倒豎點……

比較低沉的聲音現在已經延續了好幾秒甚至好幾分鐘：馬達咕噥、呼嚕、轟隆的聲音，一輛汽車在大路上往高原爬的馬達聲。有一下子變模糊了，但隨即更加有力的響起來。這次眞的是一輛汽車在大路上開的聲音。

聲音逐漸增強。它有規則、單調、比大白天顯得浩大的震動充斥整個河谷。它的強度甚至很快便超過一輛普通轎車所會給人的感覺。

聲音現在到達連通農場的交叉路口附近。它沒有減速向右彎，繼續平穩的前進，這時繞過房子東邊的人字牆傳到耳中。它越過了分岔點。

卡車抵達大路的平坦部分，在高原盡處突起的岩質邊緣正下方換檔繼續往前開，轟隆聲不再那麼沉重。隨後，車頭燈的強光照亮了荒地裡星散的硬葉木樹叢，車聲也逐步減弱，因爲卡車朝東往下一個也就是豐的租借地的方向遠去。

他的轎車有可能又抛了一次錨。他們早就該回來了。

那些橢圓形繼續繞著汽油燈打轉，時而拉長，時而縮小，或是往右或是往左偏離，有上有下，或者是先向一邊再向另一邊傾斜，糾纏成越來越亂的一團，那裡頭認不出任何一條獨立的曲線。

阿：早就該回來了。

不過，可能造成遲歸的理由不是沒有。車禍——並非絕無可能——之外，還有比如連爆兩個輪胎，使得駕駛人不得不親自修理其中之一：卸下車輪、退去外胎、藉著車頭燈的微光找出氣胎上的破洞等等……，比如猛一顛簸，造成電線接觸不良，切斷了車頭燈的電源，使人不得不借助手電筒昏黃的光線搜尋應急的連線來用。路況那麼壞，如果車開太快，主要機件都有可能受損：減震器折斷、機軸變形、機匣破裂……還有比如無法拒絕援助別個遭逢困難的司機。還有比如各形各色的偶發事件根本延緩了出發的時間：某件事不料拖延了、餐館的服務太過於緩慢、在最後一分鐘應邀到一個巧遇的朋友家吃晚飯等等……還有比如駕駛人過於疲憊因而將返回的時間延展到次日的可能。

一輛卡車在河谷這面谷壁的大路上爬坡的聲音再一次充塞空中。它由西向東、從聽域的一頭往另一頭移動，在經過房子後面的時候達到強度的最高點。它和前一部走得一樣的快，有一下子因而很像遊覽車；可是，聲音太大了。很顯然的，卡車沒有裝貨。那是輛運蕉車空車從港口回來，蕉串卸存的倉庫在碼頭入口處，沿岸泊著「聖約翰角號」。

就是這個圖樣印在卧室牆上的郵政年曆上。全新的白船靠在碼頭的長堤邊，堤從下方的白邊起削尖往外海伸出去。堤的結構並不容易識別：似乎是一個木（或鐵）造的支架頂著一條舖了柏油的路面。堤幾乎和水面齊，船側則高聳過堤。船以正面示人，露出艏柱的垂直線條和平滑的兩壁，其中只有一面受光。

船和堤位在圖中央，前者在左、後者在右。四周海上佈滿獨木舟：有八條清晰可見，另三條在遠處較不清楚。一艘比較堅固的小船，四方形的船帆漲滿風，正要越過碼頭的末端。碼頭上，船前疊成一堆的貨包附近有一群五顏六色的人擠成一團。

近景裡稍遠一點，有個作歐式打扮的人物背對這群忙亂的人和這艘引起騷動的白色大船，看向圖右邊在他幾公尺以外浮動的一塊不明漂流物。水面激起一個不高的波浪，短短的，有規律的，往這男人的方向推過來。給浪頭半舉的漂流物好像是一件舊上衣或是一個空袋子。

最大的一條獨木舟距它近在咫尺，可是正要離它而去，兩名土著在船首操作，整個人只在注意一個小海浪打上船殼的衝擊；掠過船的羽束狀浪花被照片固定在空中。

堤左的海面更加平靜。也綠得更深一點。幾灘油面積不小，在碼頭棧橋腳底下形成藍綠色的汙斑。「聖約翰角」就是才在堤這邊靠船的；它聚集了這一幕所有其他人物的注意。位置使然，船的上層構造相當不清楚，船樓前方正面、樓台、煙囪上部、頭一根吊貨杆包括曲臂、滑輪、纜繩、各式繩索等等除外。

杆末站著一隻鳥，不是海鳥而是頸子沒毛的禿鷲。另一隻在右邊上方的天空飛翔；兩隻翅膀互爲延伸，攤得很開，整個朝杆頂作大弧度傾斜；飛鳥正在轉彎。再高一點有一道三公釐寬的水平白邊，再來是一半寬的紅色滾邊。

年曆用一條扯成三角形的紅線掛在圖釘上，上面的板牆漆成淺灰色。周圍有別的圖釘戳出來的洞。左邊一個比較顯眼的洞標明那是一根拔掉的環形螺絲釘或是大鐵釘的位置。

除去這些小孔以外，卧室的油漆情況良好。四面牆就像整幢房子的牆一樣，都包上垂直的木條，寬十來公分，彼此之間隔著一道雙溝的細槽，槽底在汽油燈強烈的照明之下所產生的陰影明白勾劃出木條的形狀。

這樣的條縫同樣出現在四方形臥室的四邊，臥室甚至是立方體的，因爲長度、寬度和天花板的高度都相等。此外，天花板也包上了相同的灰色木條。至於地板，排列的情形一模一樣，也由於細長的縫隙很清楚——縫隙很乾淨，因爲經常洗刷，陷了下去，木片也洗褪了色——又和天花板的凹槽平行，所以更加明顯。

立方體內部的六個面準確的切割成尺寸不變的細條，四個垂直平面上的細條是垂直的，另外兩個水平的平面上的則作東西走向。伸直的手提著的燈稍一搖晃，這些有著狹窄而且活動的陰影的線條便好像整個旋轉了起來。

相反的，屋外牆上的木條作水平排列，也寬一點——大約是二十公分——而且木片的邊緣相疊。牆的表面所以不是一體的垂直面，而是許多平行、有幾度傾斜的面，彼此相距一片木板的厚度。

窗子都框著一道線腳，也頂著一個扁平的三角楣。構成這些牆面裝飾的木條釘在相疊的木板上，以至於兩者之間只有稜角處（各木板的下緣）相觸及，而其中的空隙很大。

只有三角楣底部和窗下框框底部這兩道水平的線腳和木板的表面相吻合。窗子角落有一條深色液體的痕跡，沿著木頭流下來，貫穿一片一片的木板、一道一道的稜角和水泥牆基，流痕越來越窄，最後只成一條細線，而到達陽台地面一塊地磚中央時，便成了個小圓斑。

周圍的地磚不帶一點汙跡。地磚經常洗刷，下午才又洗過。細緻、平光的灰白陶質表面摸起來很柔和。磚板的尺寸不小；順著牆由圓斑開始到走道進口的台階爲止只有五塊半。

門也框著一道木質線腳、頂著一個扁平的三角楣。過了門檻便又是地磚，但是磚片要小很多：每一邊都縮小了一半，是尋常的尺寸。它們不像陽台上的那樣是平滑的，卻有對角的平行線，溝不深；凹處和凸處的寬度相等，有幾公厘。地磚與地磚交錯排列，於是拼出連續的倒V字形。這種微細的突起在大白天只是約略可見，而在人爲光線的照射之下則顯得鮮明，特別是燈前不遠的地方，而假使燈貼近地面提著，更是如此。

沿著走道前進的光線輕輕擺盪，無間斷的倒V字因而不住像浪潮一般起伏。

相同的地磚延伸到客廳兼飯廳，沒有任何間隔。桌椅豎立的區域鋪著纖維質的蓆子；桌腳、椅腳的影子很快的在那上頭朝反時針的方向旋轉。

桌子後面、長形餐具櫥中央的土著陶壺顯得更碩大：紅土質、無釉、大而圓的腹部在牆上投射出濃密的影子，光源接近時更濃。那是一個黑色的圓盤頂著一個等腰梯形（長的一邊朝上）和一條纖細而且拱得厲害的曲線，曲線連接圓形的腹側和梯形的一端。

廚房門關著。門和洞開的走道出入口之間是那隻百足蟲。那蟲龐大無比：是這種氣候會遇到的最大的一種。牠的觸鬚伸長、巨大的足肢攤開在身體四周，幾乎蓋滿一個普通盤子的表面。平光漆上面的陰影將原已相當可觀的各式附屬器官的數目再加一倍。

牠的身體往下彎：前半部朝踢板的方向折，最後的幾個環節則維持原來的方向——那是個筆直的路線，斜著從走道的門檻直到關著的廚房門上頭的天花板一角切過牆面。

那蟲不動，像是在等待什麼，仍然成直線，雖然或許已經嗅到了危險的氣息。只有觸鬚一起一伏，緩慢但持續的交替擺動。

突然，上半身開始走動，原地一轉，於是斜線往內折向牆下方。不過，還來不及走遠，那蟲子立刻掉落到地磚上，半扭著身，逐節抽緊長腳，而下顎因反射性的抖顫空自在嘴四周飛快的張張合合……湊近耳朵可以聽到那裡發出的輕微的嘎嗞聲。

那是梳子在長髮裡弄出來的聲音。玳瑁齒由上而下來回梳過帶棕紅色光澤的厚重黑髮，使得齒尖帶電，也使得梳齒相互導電，細緻的手——細長的手指漸次合攏——往下滑的時候，剛洗過的柔軟長髮便一路發出嗶剝聲。

兩根長觸鬚加快了交替擺動的速度。那動物停在牆正中央，正好在眼光的高度。身體後部的足肢很發達，可以毫無疑問的認出來那是蜈蚣，又名「百足蜘蛛」。在寂靜之中，時而會聽到典型的嘎吱聲，可能是嘴部的附屬器官發出來的。

豐一句話也沒說，站起身，拿起餐巾，一邊捲成一團一邊輕聲走近，把蟲子打死在牆上。接著，他用腳把牠踩死在臥室的地板上。

然後，他回到床上，途中把毛巾掛回金屬棒上，洗臉台旁邊。

指節細長的手在白色的床單上抽緊。張開的五根指頭分別向下收攏，按得那麼用力，以至於也拉動了麻布：上面留下一束五條相匯的溝紋皺痕……可是蚊帳在床四周垂下來，裡外隔著不透明紗幕不計其數的網眼，撕破的地方則有長方形的補綴。

豐急著要達到目的地，又加快前進的速度。顛簸得更猛了。然而他繼續加速。在夜裡，他沒有看見切斷半邊野地土路的坑洞。車一跳、一閃……在這條不平整的路面上，駕駛人無法及時拉直。藍色轎車就要往下朝一棵樹撞去，堅硬的葉子幾乎沒有抖動，雖然那一撞很猛。

火焰立刻噴出來。整片荒地都照亮了，蔓延的火勢嗶剝作響。那是百足蟲發出的聲音，牠又不動停在牆板正中央。

仔細一聽，那響聲是氣息聲加嗶剝聲：現在輪到刷子順著散開的頭髮往下梳。它才一梳到底，便很快又回到往上揚的循環線上，在空中畫出的一條曲線把它拉回原始起點，來到頭上平滑的髮束，而刷子又一次從那裡開始滑下去。

臥室裡對面牆上的禿鷲一直在同一個轉彎點。稍低一點，第二隻站在船桅杆末端，也沒動過。底下，近景那塊布仍舊給同一個起伏的浪潮半舉起來。獨木舟裡的兩名土著站在他們脆弱的小船船首，眼光沒離開過一直快要落下來的羽束狀浪花。

最底下，寫字檯朝上的一面是個上了亮光漆的表面，皮製桌墊端正放在寬的一邊的中心軸線上，左邊，一個專爲此而設的圓形氈布襯著汽油燈的圓形底座，燈的提手垂在背後。

桌墊內，綠色的吸墨紙上滿布黑墨水字跡的片段：兩、三公厘的直筆，小圓弧、鈎、環等等……上面讀不出一個完整的字來，就是照在鏡子裡也一樣。旁側的口袋裡插著十一張信紙，很淺的藍色，通行的尺寸。第一張紙右上方一個擦掉的字留下來的痕跡清晰可見，殘留的是兩段下垂的筆畫，給橡皮擦得很白。紙上這個地方比較薄、比較透明，可是粒子還算平滑，可以重新寫上字。至於先前寫上去的字母原狀則無法辨別。皮製桌墊裡沒別的東西。

桌子抽屜裡有兩疊書信用紙；一疊是新的，另一疊用得差不多了。紙張的大小、質地、淺藍的顏色和前頭幾張絕對一模一樣。旁邊平放著三包相配的信封，有深藍色裡襯，還束著帶子。但是其中一包少了一大半的信封，剩下的給帶子鬆鬆的束著。

除了兩枝黑鉛筆、一個圓盤狀的打字用橡皮、那本談了又談的小說和一聯沒動過的郵票以外，桌子抽屜裡沒別的東西。

厚重的五斗櫃第一層的抽屜清點起來比較費事。在右邊有好幾個盒子裝著一些舊信函；幾乎所有的信封都還在，上面貼著歐洲或是非洲郵票：阿…的家人、不同的朋友寄來的信……

一連串隱隱約約的拍打聲把注意力引向床另一邊，扳下來的百葉窗外西側陽台。有可能是地磚上的腳步聲。可是小弟和廚子早就該上床了。此外，他們赤腳或是穿草底布面鞋走路，也全無聲響。

聲音馬上就停了。果然是腳步聲的話，這腳步眞是旣快又碎而且輕悄。不很像男人，倒是像四足動物的腳步：一條闖入陽台的野狗之類。

它消失得太快，不能留下明確的回憶：耳朵甚至來不及細聽。輕打磚板的聲音反覆響了幾次？了不起五、六次，甚至更少。太小聲，不像狗走過。一隻大蜥蜴從屋頂內側摔下來，往往會弄出這種悶悶的叭啦聲；可是這樣一來就必須有五、六隻蜥蜴一隻跟著一隻接連掉下來，而這種事情不太可能……只是三隻而已？三隻已經太多……或許那聲音總共只重複了兩次。

時間越是久，那聲音的眞實性越是減低。現在倒像是什麼也沒發生過。半合──有點晚了──的百葉窗縫裡當然什麼也看不清。還能做的是撥弄旁側控制一組葉片的棒子，合上它。

臥室又關起來了。地板上的線條、牆面和天花板上的溝紋轉得越來越快。站在棧橋碼頭上監看漂浮的破片的人物自己開始彎下身，但未脫僵硬。他穿著一套剪裁合身的白西裝、戴著殖民地的盔形帽。他蓄著黑色短髭，尾端翹起，是舊日式樣。

不。他的臉沒給太陽照到，什麼也看不出來，包括他的膚色。說起來，前進中的小浪好像就要攤開那塊布片，好讓人看看那是衣服、是帆布袋還是別的東西，當然，要光線還夠才行。

這時候燈突然滅了。

也許先是一點一點減弱的；可是也不一定。它的照射範圍是不是先縮小了？光線是不是先變黃了？

可是在入夜的時候，唧筒的活塞給啓動過好幾次。是不是汽油全燒完了？是不是小弟忘了注滿儲油罐？突如其來，是不是表示有個導管忽然給燃料裡的什麼雜質堵住了？

不管怎麼說，再點亮太麻煩，不值得。在黑暗中穿過臥室並不怎樣困難，也不難找到厚重的五斗櫃、開著的抽屜、沒多大重要性的幾包信、鈕釦盒、毛線球、一綹絲線或是像頭髮的細鬃毛，也不難關上抽屜。

壓力燈的嘶聲停了才使人發覺它原來有多大的重要性。纜索有規律的鬆綁卻突然斷裂或是脫落，任由立方體的籠子接受自己命運的安排：自由下墜。谷裡的昆蟲鳥獸該也是一隻一隻靜下來的。寂靜到那種地步，連稍稍移動一下都變得不合時宜。

就像這個無邊的夜那樣，絲一般的頭髮在抽緊的手指間流下。頭髮拉長、繁衍、往各個方向生出觸手、捲成越來越複雜的一團，而那些盤繞、糾結的情形固然像迷宮，卻仍然容許指節同樣若如其事、輕易的穿梭。

頭髮可以同樣輕易的解開、散開，垂落在肩上，像一股柔軟的波浪；鬃毛刷輕輕的滑過，由上而下、由上而下、由上而下，現在只受呼吸的引導，在漆黑之中，呼吸仍足以帶出均匀的節奏，而這節奏仍可以用來衡量什麼——假使在漆黑之中還有什麼要衡量、要掌握、要描繪——一直到日出，現在。

日出多時了。向南的兩扇窗子下面有光線穿過合上的百葉窗縫。太陽要能夠以這種角度打在門面上，必然已經高掛在空中。阿…沒回來。床左邊，五斗櫃的抽屜還半開著。相當重的緣故，它滑進框裡去的時候發出一種門沒上夠油的依呀聲。

相反的，卧室的門轉動時鉸鏈悄然無聲。膠底鞋走在過道的地磚上，不出絲毫聲音。

在門外左邊的陽台上，小弟像平常一樣，擺了矮桌和一張靠椅，桌上只有一個咖啡杯。小弟本人在房子角落出現，兩手捧著托盤，上面立著咖啡壺。

他把手上的東西放在杯子旁邊以後，說道：

「夫人，她沒回來。」

他也會用相同的語氣說：「這咖啡，好了」、「上帝保佑您」或是任何其他的話。他的聲音只有幾個不變的音調，所以分辨不出疑問句和其他句子的區別。再者，就像所有的土著僕人一樣，這小弟對於問問題得不到任何答覆也習慣了。他馬上就走開，這時由中央走道開著的門鑽進屋裡。

早晨的太陽橫貫居中部分的陽台這裡以及整片河谷。在日出之後，幾近清涼的空氣中，鳥唱取代了夜裡蝗蟲的鳴叫，兩者相似，雖然鳥唱比較不一致，時而穿插幾個較富音樂性的聲音。至於鳥雀，牠們就像平常一樣，也沒有比蝗蟲常現身，多半躲在房子四周蕉林的羽束狀綠葉下飛來飛去。

隔開房子和香蕉林的土地裸露在外，地上的土塊之間，小蜘蛛結了無數的網沾著露珠閃閃發亮。最底下，跨過小河的木橋上有五人一組的粗工準備更換裡頭給白蟻蛀壞了的圓木。

房子角落的陽台上，小弟循慣常的路線進場。在六步路後面，有第二個土著跟到，身上穿著短褲、線衫，打赤腳，頭上戴著一頂舊軟帽。

第二個人物的步伐靈活，既輕快又懶散。他跟在帶路人後面朝矮桌前進，沒有脫下頭上那頂褪色、不成形的氈料怪帽子。小弟停下來的時候，他也停下來，換句話說是在五步路後面，而且就留在那裡，兩臂還沿著身體擺動。

「那邊先生，他沒回來。」小弟道。

戴軟帽的報信人看著半空中，屋頂內側小樑木附近，那裏有灰中帶粉紅的壁虎在相互追逐，行程斷斷續續、短而快，奔跑當中會突然停住，頭舉在一邊，尾巴固定在波浪起伏的半中央。

「夫人，她煩。」小弟道。

他用這個形容詞來指各種各類的不安、憂鬱或是煩惱。他今天想的恐怕是「擔心」；但也可能是「忿怒」、「嫉妒」（jalouse）或甚至是「絕望」。此外，他什麼也沒問就要離開。然而，一個無關緊要、意義也不明確的句子引出了他一連串的話，用他自己的語言講的，其中母音繁多，尤其是「啊」、「欸」之類。

他和報信人現在轉身相向。第二個聽著，一無明白與否的表情。小弟飛快的講，倒像是他的文章全無標點，不過，語調和他用法語表達的時候相同，起伏有致。他忽然住嘴。對方不加一句話，反身取道來時的方向回頭走去，腳步軟而迅速，搖擺著頭、帽子、臀部和身體兩側的手臂，嘴巴沒張過。

小弟把用過的杯子放在托盤上咖啡壺旁邊以後，一起端走，從敞開的走道門鑽進屋裡。臥室的窗子全關著。阿…這時還沒起床。

她今晨很早就走了，以便有足夠的時間買她的東西，又可以在當天晚上回到農場。她和豐到城裡去購買急需的物品。她沒說明是些什麼物品。

既然臥室空了，就沒有任何理由不打開百葉窗。三扇窗子全沒裝玻璃，彼此類似，每一扇都區分成四個相等的長方形，也就是說四組葉片，因爲每一片窗戶上下共兩組。十二組一模一樣：十六片木料葉片的整體操作全靠旁側垂直安在窗扇外框上的一根小棒子。

同一組的十六片葉片永遠保持平行，合上的時候，葉片一片貼著一片，彼此的邊緣約有一公分相覆蓋。小棒子往下扳，葉片的斜度會變小，於是產生一組寬度逐步增大的透光縫。

百葉窗開到極限的時候，葉片幾乎成水平，也現出鋒面。河谷對面的谷壁因而變成一連相疊的細條，中間隔著稍窄一點的空白。正好在眼光那個高度的縫裡插進來一叢硬葉樹木，長在農場盡頭，灰黃色荒地的起點那裡。許多樹幹成一束作放射狀向外伸展，樹枝從這裡冒出來，上頭的暗綠色橢圓形葉子像是逐一畫上去的，雖然相當小，數目也非常多。底下，樹幹合成獨一無二的樹頭，直徑龐大，上面有骨脈突起，到地面時大開。

光線迅速減弱。太陽消失在高原主要突出部分末端的岩質山鼻子後頭。六點半。蝗蟲震耳欲聾的鳴聲——持續、無漸進感、沒有音調變化的喀喳聲——充塞整個河谷。整棟房子後面從日出起就空了。

阿……不會回家吃晚飯，她跟豐在上路之前在城裡吃。他們大概在午夜左右回來。陽台也空了。今早沒有任何一把休閒用靠椅給搬出來，喝飯前酒和喝咖啡用的矮桌也沒有。八個發亮的圓點在辦公室的第一扇窗子底下的地磚上標出兩把椅子的位置。

從外面看，打開的百葉窗露出平行的葉片上掉了漆的鋒面，漆鱗這裡那裡半翹著，可以輕易用指甲摳下來。在裡面，臥室中，阿……靠窗站著，從一條縫隙裡看向陽台、透光的欄杆還有另一面谷壁上的香蕉林。

介於時日久遠因而發白的灰色殘留油漆和由於濕氣作用而變成灰色的木頭之間，露出點點褐中帶灰紅——木頭本來的顏色——的表面，那些地方的木頭因爲新成的漆鱗最近才剝落的緣故，露出來還沒多久。在裡面、臥室中，阿……靠窗站著，從一條縫隙裡往外看。

那個男人在覆上泥土的圓木橋上，俯身向泥濁的河水，一直不動。他沒有移動一分一毫：蹲著、頭低下去，兩隻前臂支在大腿上，手垂在張開的膝蓋中間。他的樣子像是在守候小河底的什麼東西——一隻動物、一個反影、一件失物。

他對面沿岸的那塊地裡，不少蕉串似乎熟得可以割了，雖然這個地段還沒有開始收成。房子另一面、大路上，有卡車換檔的聲音，這一面有窗子插梢的依呀聲相呼應。臥室第一扇窗的兩片窗戶全打了開來。

阿…的上身框在裡面，腰部和臀部也是。她說了聲「早」，語調輕鬆，像一個睡了好覺醒來、腦筋空白、精神抖擻的人，或是像一個不願將煩惱示之於人、總是本著一貫的原則展露相同笑容的人。

她隨即退回室內，但幾秒鐘之後又在稍遠處——或許是十秒鐘，但一定是在二到三公尺以內的距離——出現在第二個窗口百葉窗的位置上，四組葉片剛剛往後頭消失。她在那裡待得比較久，側臉半露，朝向支撐陽台邊角屋簷的柱子。

從她的位置觀察，只能遠遠看見種了香蕉樹的一片綠地、高原的邊緣，還有兩者之間一塊沒耕種的荒地、枯黃的高莖草、稀疏星散的樹木。

支柱本身也沒什麼可看的，除非是看時有鱗狀翹起的油漆，起鱗的前後間隔難以預料、高度也上下不等；或是看一隻灰中帶粉紅的蜥蜴，牠的移動如此突兀，所以斷斷續續的出現，也因此沒人可以說牠從什麼地方來，而不見了的時候又是去了什麼地方。

阿…又一次消失。要找到她，眼光必須定在第一扇窗的中心軸線上：她挨著靠裡邊的板牆站在厚重的五斗櫃前。她半開第一層抽屜，傾身向右，兩手不住來來回回翻弄、搬動包包盒盒，花長時間在尋找一件想不起來放在哪裡的物品，要不就是單純的在整理她的東西。

她站在介於走道門和大床之間的位置上，從陽台穿過三個洞開的窗口之中任何一扇的陽光都不難照到她。

來自距離邊角兩步路一處欄杆的斜向光線，便是這樣從第二扇窗子射入臥室、切過床腳，直達五斗櫃。阿…站了起來，朝光線來的方向一轉身，立即消失在介於兩個開口之間、擋住大衣櫃背部的牆面後頭。

片刻之後，阿…浮現在第一扇窗左邊窗柱旁的寫字檯前。她打開皮質桌墊，俯身向前，大腿上半截頂著桌子下緣。在臀部變寬的軀體又再擋著手，因而無法知道手裡在做些什麼、抓著什麼、拿什麼起來、放什麼下去。

阿…像前頭一樣但是朝反方向半側著身。她還穿著晨褸，頭髮還自由自在，沒盤起來也沒攏個髻，然而已經仔細梳過；頭髮在強光下閃閃發亮，因爲她把頭一轉，甩動了柔軟厚重的髮鬈，然後一頭烏黑又落回肩膀的白色絲綢上；這當中，她的人影已經沿著走道的板牆往室內深處遠去。

皮質桌墊放在桌上寬的那邊的軸線上，像平常一樣合上了。高據亮光漆桌面之上的不再是長髮而是郵政年曆；在襯底的灰暗牆面上，只有裡頭的白色船隻浮現出來。

臥室現在就像是空了。阿…有可能無聲無息的打開走道的門，走出那間房；不過，可能性更大的是，她一直在裡面，處在視野以外，介於那扇門、大衣櫃、桌角（上面只有一個圓形的氈料墊子還看得見）之間的白色地帶。在那個藏身處，衣櫃以外只有一樣家具（一張靠椅）。然而，也有一個出口給遮住，並且和走道、客廳、庭院、大路相通，脫身的可能性因而無窮無限。

阿…的上身遠遠框在房子西面人字牆上的第三個窗口。所以她應該是在某個時刻光明正大走過床腳前，接著才鑽入梳妝檯和床舖中間的第二個白色地帶。

她在那裡也是許久不動。她的側面在較爲陰暗的背景中明白顯現。嘴唇非常紅；要說是不是上過妝並不容易，因爲那終究是天然的色澤。眼睛睜得很大，對著香蕉林的綠線，隨著頭部和頸部漸漸轉動而緩緩往屋角支柱的方向瀏覽過去。

在花園裸露的土地上，支柱的影子現在和西側陽台以及房子的人字牆那邊的欄杆透光的陰影成四十五度角。阿…不再在窗口。這一扇和另兩扇都沒透露出她人在臥室裡。

再沒有理由假設她是處在三個白色地帶之中的某一個而不是另一個的後面。此外，也很容易從其中兩個地帶走出去：第一個通往中央走道，第二個通往浴室，而浴室的另一扇門則又通往走道、庭院等地……臥室又像是空了。

左邊，西側這邊陽台盡頭，黑人廚師正在鐵盆上削薯蕷。他兩膝著地，坐在腳跟上，盆子在大腿中間。長形的黃色塊莖有規律的旋轉，鋒面光亮、尖利的刀子削下一條沒完沒了的細窄外皮。

在距離相同但是成直角的方向那邊，辦公室窗下，豐和阿…人往後仰坐在各自坐慣的靠椅中，正在喝飯前酒。「坐在裡頭眞好！」豐右手拿著玻璃杯，擱在扶手末端。另外三隻手臂同樣順著平行的皮帶子伸直，可是三個手掌貼著木製的紅色椅柱上端，皮面蓋住稜線摺成三角尖釘著三隻圓頭大釘的正下方那裡。

四隻手之中有兩隻在同一根指頭上套著同樣寬寬扁扁的金指環：第一隻在左邊，第三隻是豐的右手，握著金色液體半滿的圓錐形玻璃杯。阿…的杯子放在她旁邊的小桌上。他們有一句沒一句的談到下一週一同進城的計畫，她是爲了採購雜物，他則是爲了探聽他打算買進的新卡車的種種。

他們已經約好出發與返回的時刻，估量過各段路程的大致長短、計算了可供辦事的時間。剩下的只是商定合適的日子。阿⋯想把握現成的機會再自然不過，反正沒給任何人添麻煩，而車子本身的條件也不壞。眞正令人驚訝的事情反倒是，以前，在相近的情況下從來沒有過半次類似的安排。

現在第二隻手細長的指頭在玩釘子寬寬的鍍鎳釘頭：食指、中指、無名指最後一個指節的肉突在三個光滑的隆起表面上來來回回摩著。中指垂直順著皮革的三角尖軸線伸直；無名指與食指半彎，才摸得到上面的兩個釘子。不多久，在左方六十公分遠的地方，相同的三隻纖纖細指開始做起同樣的動作。六隻手指之中最靠左的一隻戴著指環。

「琦香是不願意跟我們一道去的囉？可惜⋯⋯」

「她不能去，」豐道，「爲了小孩的緣故。」

「沒說海邊還要更熱呢。」

「更悶倒是眞的。」

「她其實可以趁這機會散散心的。她今天還好嗎？」

「還是那樣子。」豐道。

第二名司機在清唱一首土著曲子，低沈的聲音一直傳到聚攏在陽台中央的三把靠椅來。縱然遙遠，這聲音還是百分之百清晰可辨。它從兩邊的人字牆一齊繞過屋子，同時由左右兩側傳進耳中。

「還是那樣子。」豐道。

阿…充滿關切，不放鬆：

「到了城裡她可以看個醫生。」

豐的左手從繃緊的皮製扶手上抬起來，但是手肘沒動，然後又慢慢落回原點。

「她已經看得夠多了。她吃的那一堆藥，就好像她……」

「總得試點什麼的呀。」

「既然她認定那是氣候問題，又能怎樣！」

「說是說氣候，可是這也不能代表什麼。」

「瘧疾發作。」

「奎寧可以治啊……」

於是又交換了五六句話，說到奎寧的劑量在不同的熱帶區域隨海拔、緯度、海的遠近、有無瀉湖等情況而有所區別。接著，豐回頭談到阿…正在讀的那本非洲小說裡的女主角服用奎寧所引起的副作用。他隨後約略點到丈夫的行徑，這話對翻都沒翻過那書的人並不清楚；依兩人讀後所見，他至少犯了疏忽的錯。那句話的結尾是：“savoir attendre”或者“à quoi s'attendre”，或者“la voir se rendre”，“là dans sa chambre”，“le noir y chante”，抑或是任何話（譯注④）。

可是豐和阿…已經講遠了。此刻說的是一名白人少婦——和剛才同一人？她的情敵？還是某個配角？——給一個也可能好幾個土著甜頭的事情。豐似乎正要為此而責備她一番：

「眞是，」他說，「居然和黑鬼睡覺……」

阿…轉頭向他，翹起下巴，帶笑問道：

譯注④：這五個詞組的語音兩兩相近，但前後差距越來越大，首尾更是如此；語意則頗多曖昧，依序是：「懂得等待（機會）」、「料想會有什麼事發生」、「看她／牠屈服」、「在她／他臥室那裡」、「黑人在那裡唱歌」。

「哦，有什麼不可以？」

輪到豐笑了，可是他不答話，就好像是因爲用那樣的語氣——當著第三者——交談而覺得尷尬似的。他嘴部的動作結果變成了怪相。

司機的聲音換了地方。現在只從東邊來；似乎來自大院子右方的庫房。

那曲子有些時候太不像可以稱作歌謠、悲詠或是迭句的東西，西方人聽了不免會想，是不是根本就不是這回事。那些音縱使明顯反覆出現，卻像是全不循任何樂理而銜接在一起。大體上沒有曲調、旋律或節奏。說起來倒像是那個人只不過是爲配合工作而發出一些無頭無尾的散音斷句罷了。根據他在上午所得到的指示來判斷，這份工作是，在安裝之前把新圓木浸透殺蟲劑，以避免白蟻的侵襲。

「老樣子。」豐道。

「又有機械上的麻煩啦？」

「這一次是汽化器……整個馬達都該換了。」

欄杆扶手上面，一隻壁虎從一出現便保持全然不動的姿勢：頭往一邊朝房子抬起來，身體和尾巴扭成曲度平緩的S形，一副動物標本的模樣。

「這男孩嗓子不錯。」一段相當長的靜默之後，阿…說道。

豐又說起：

「我們一大早就出發。」

阿…要他說詳細點。豐答了，也急切的想知道對她是不是太早。

「正相反。」她說。「這樣很好玩。」

他們小口啜飲著。

「如果一切順利，」豐道，「我們可以在十點左右到達城裡，午飯以前就已經有不少時間。」

「當然，我也比較喜歡這樣。」阿…答，臉色又轉嚴肅了。

「接下來整個午後用來會見各路代理商不嫌多；還要去問問修車行老闆的意見，我一向去的羅班那裡，濱海大道那個。我們一吃過晚飯就回來。」

假如是因爲有人問起，他這篇未來城中一日的時間運用明細表便不嫌突兀；可是，今天並沒有任何人對他要買新卡車這回事表示過一點興趣。而且，只要有那麼一點，他還會高聲——極高聲——報告他的往返詳情、約談細節，一公尺一公尺、一分鐘一分鐘的交代，還頻頻強調爲什麼他有必要那麼做。反之，阿…對自己要買的東西卻不做半點說明，雖然整體時間相同。

豐又來吃午飯，還是健談、親切有禮。琦香這次沒有陪他來。前一天他們差點爲了一件連衣裙的款式而吵起來。

習慣性的讚嘆過靠椅給人的鬆弛感之後，豐開始不厭其詳的述說一樁汽車抛錨的故事。出問題的是轎車而不是卡車；然而，車幾乎還是新的，並不常帶給它的主人麻煩。

這人這時候應該會側面提到和阿…出門在城裡發生的類似事件，事情倒是不嚴重，但卻耽誤了他們一整個晚上不能回農場。做這種聯想再自然不過。豐絕口不提。

阿…越來越專注的凝視她身旁的人有幾秒鐘之久，像是在等待一句即將出口的話。不過，她也是什麼都沒說，而那句話也沒出口。此外，他們也從沒再說起那一天、那樁意外事件、那一夜，至少，當他們不是單獨相處的時候是這樣。

豐這時在回溯，徹底檢查汽化器所必須拆卸的機件。他一五一十列舉，極盡精確之能事，包括一大堆無庸贅言的零件在內，幾乎都要描述一圈又一圈扭鬆螺絲帽以及後來扭回去的情形。

「您今天像是對機械很內行嘛。」阿…說。

豐的話說了一半突然住口。他看著在他右邊的嘴唇、眼睛，那上面有個平靜的笑意，好像不帶意義，一副被照相底片永久固定的樣子。他自己的嘴巴一直半開著，或許還有個字正說了一半。

「我是說在理論上。」阿…說明道，不改親切至極的語氣。

豐掉過頭看透光的欄杆、看灰色的島狀殘漆、看標本蜥蜴、不動的天空。

「是卡車讓我熟練起來的，」他說，「所有的馬達都相像嘛。」

這話分明不對。他的大卡車的馬達尤其和他的美造轎車的馬達難以相比。

「對極了，」阿…道，「就像女人一樣。」

不過豐好像沒聽到。他的眼睛一直盯著他面前那隻灰中帶粉紅的壁虎，在牠下顎底下柔軟的皮膚在搏動，輕到難以覺察。

阿…喝完玻璃杯裡冒氣泡的金色液體，把空杯子放在桌上，又開始用六隻手指尖摩挲靠椅椅柱的三個圓頭大釘。

在她閉著的唇上半浮著平靜、夢幻、心不在焉的微笑。笑容持久而且四平八穩，所以有可能是假笑、強笑、應酬客套乃至於是想像性質的而已。

橫杆扶手上面的蜥蜴現在處在陰影中；牠的色澤變暗淡了。屋頂的投影和陽台的周緣相吻合：太陽在天頂。

豐只是路過，聲明他不願多逗留。他果然從靠椅上站起來，把剛剛一仰而盡的玻璃杯放到矮桌上。他在走進貫穿房子的通道之前停了下來，半轉身向主人們致意。相同但是比較急促的怪相又掠過他的嘴唇。他走出場，往屋內離去。

阿…沒站起來。她一直躺在靠椅裡面，手臂平伸放在扶手上，眼睛睜得大大的，對著空洞的天際。在她旁邊，裝著兩隻瓶子和冰桶的托盤附近放著豐借的小說，她從前一天開始讀起，小說的故事在非洲發生。

欄杆橫木扶手上面的蜥蜴消失了，原地留下一條島狀的灰色漆，形狀完全相似：順著木頭纖維伸展的軀體、兩度扭曲的尾巴，相當短的四肢和轉向房子的頭部。

飯廳裡，小弟只在方桌上擺了兩副餐具：一副面對打開的廚房門和長形的餐具櫥，另一副靠窗。阿…就是坐在那裡，背對著光。她照習慣只吃一點。她幾乎是一整頓飯都維持不動，筆直坐在椅子上，指頭細長的兩隻手中間是一個和桌巾一樣白的盤子，眼光停在她面前的禿牆上，百足蟲打死留下的灰褐色殘跡那裡。

她的眼睛很大、閃閃發亮，是綠色的，四周有一圈長而鬈的睫毛。好像永遠呈正面，就是側著臉的時候也一樣。她在任何情況之下都讓兩眼長時間保持大張，眼皮眨也不眨一下。

午飯過後，她回到她的靠椅裡去，坐在陽台中央、豐空著的靠椅左邊。她拿起小弟撤下托盤時留在桌上的書；她找尋因爲豐的來臨而中斷的那一頁，大約在故事前四分之一的地方。可是，找到以後，她攤開書反扣在膝蓋上，坐在那裡什麼也不做，背往後靠在皮質帶子上面。

房子的另一邊可以聽到滿載的卡車順著大路朝河谷下面、朝平原和港口——那裡，白船沿著碼頭停泊——下去。

陽台上沒人，整棟房子也是。屋頂的投影和陽台的周緣恰好相吻合：太陽在天頂。房子不再投射半條黑影在花園新近才犂過的土地上。細瘦的橘樹幹也釘在原地。

聽到的不是卡車而是轎車從大路通往房子的路徑下來的聲音。

飯廳第一扇窗子打開的左片窗戶裡、中間一格的玻璃中央，有藍車的反影剛在院子中心停下來。阿…和豐同時從前門下車，一人一邊。阿…手裡拿著一個包裹，尺寸很小、形狀不定，有一下子被玻璃的一個瑕疵所吞噬因而完全消失。

兩個人物隨即在車頂前彼此靠攏。豐的輪廓較爲龐大，整個遮住在他後面同一條線上的阿…。豐的頭顱向前傾。

玻璃上的不平整扭曲了這個動作的細節。客廳的窗子有個比較方便的角度可以直接看見同樣這一幕：兩個人物一個位在另一個的旁邊。

可是他們已經分開來，並肩朝房子大門的方向走在院子多石粒的地上。兩人之間的距離至少有一公尺遠。在正午的太陽底下，他們沒有投影在腳下。

門打開時，他們同時綻開笑容，而且是同樣的笑容。對，他們的身體百分之百健康。不，他們沒出車禍，只不過是馬達的一個小毛病，卻害他們不得不在旅館過夜，等修車行開門。

豐急著要回到他妻子身邊，匆匆喝下飯前酒，站起來走了；身上的全套白西裝一趟路下來失去了光鮮。他的腳步聲在走道的地磚上響起來。

阿…立刻退入她的臥室裡、洗澡、換衣服、胃口大開吃了一頓午飯、回去坐在辦公室窗下的陽台上；那裡的百葉窗扳下來四分之三，只有她的頭髮上端看得見。

到了晚上她還是採同樣的姿勢坐在同一張靠椅中、同一隻灰色石質的蜥蜴前。唯一的區別是小弟加了第四個座位，金屬桿綳著帆布比較不舒適的那個。太陽躲在高原西邊主要突出部份末端的岩質山鼻子後頭。

光線迅速減弱。阿⋯已經看不清楚，無法繼續閱讀，合上小說放在身邊的小桌上（介於兩組靠椅之間：一對抵著窗下牆面，另外兩把形式不同，斜著擺置，較為接近欄杆）。爲了標明頁數，書皮的光面護套邊緣給摺進書裡大約四分之一厚的地方。

阿⋯問起農場今天有什麼新聞。什麼新聞也沒有。永遠都只有一些耕種上的瑣事隨著循環性的作業或在甲地或在乙地作週期性的反覆。耕地的數目很多，經過通盤的規畫，收成分佈在一年十二個月之中，一循環的所有元素因此天天同時來臨，而週期性的瑣事也所以不在此處便在彼處日日一併重複出現。

阿⋯哼著一首舞曲，歌詞含糊不清。也許是一首正流行的歌曲，在城裡聽來的，她或許也跟著節拍跳過這支舞。

第四把靠椅是多餘的：一整晚都空著，也使得其他兩把旁邊的第三把皮椅顯得更加孤單一點。豐果然一個人來。琦香不肯丟下有點發燒的孩子不管。她丈夫如今不時如此這般獨自前來吃晚飯。今晚阿…倒像是在等她來；至少她是叫人擺了四副餐具。她下令立刻撤走用不著的那一副。

天色現在雖然暗了，她卻叫人不要送燈來，說是會招蚊子。在漆黑中，只能隱約分辨，比較灰白的斑跡是連衣裙、白襯衫、一隻手、兩隻手，不久之後是四隻手（眼睛逐漸適應黑暗）。

沒有人說話。什麼也不動。四隻手排列整齊，和屋牆平行。欄杆的另一邊，往上游的方向，只有無星的天空和蝗蟲震耳欲聾的叫聲。

晚餐當中，豐和阿…計畫著近日一道進城辦各自的事情。飯後在陽台上喝咖啡的時候，他們的話題又回到可能出的這趟門上頭。

一隻夜行動物一聲較爲強烈的鳴叫表明了牠的位置就在附近，房子東南角的花園裡。豐很快一個動作站起來，大步往那邊走去；他的膠底鞋在地磚上不出任何聲響。幾秒鐘之間，白襯衫便完全隱沒在黑暗之中。

豐不說話又遲遲不回來，阿…或許認爲他看見什麼東西，於是也站了起來，動作輕柔無聲，往同一個方向走遠。輪到她的連衣裙被不透明的夜吞沒。

隔了相當長一段時間以後，還沒有任何說話聲，音量大到足以傳達十公尺之外。在那個方向也有可能已經沒半個人了。

豐現在走了。阿…現在退入她的臥房裡。房裡亮著，可是百葉窗全都緊緊關上：只有幾處葉片之間漏出細窄的光條。

一隻動物又尖又短但比較強烈的叫聲又在陽台腳下的花園裡響起來。不過，這次的訊號像是來自相反的角落、臥室那邊。

當然是什麼也分辨不清，就是身體挨著支撐西南角屋頂的四方柱探出欄杆外面盡可能把眼睛湊近也是一樣。

現在，支柱的影子投在地磚上，橫貫睡房前的中間陽台這裡。把斜向的深色線條繼續延伸到牆壁，便會直指一道從第一扇窗子——最接近走道那扇——右邊角落沿著垂直壁面流下來的灰紅色條痕。

支柱的影子儘管已經很長，卻還需要一公尺左右才夠得著地磚上的小圓斑。從圓斑起有一條細細的直線拉出來，越往水泥牆基上去越是明顯。然後，它一片接一片爬上木板表面直到窗台，愈來愈寬。然而，並非平穩漸進：木板層層相疊，一路上有一連串等距的突起打斷，那裡的液體先多攤展一點才會繼續攀升。窗台上有一大部分的油漆在流跡之後起鱗，四分之三的紅色斑痕因而消除了。

污跡從來一直在牆上那裡。目前只提到要重新油漆百葉窗和欄杆——後者用鮮黃色。阿…作了這樣的決定。

她在她臥室裡。朝南的兩扇窗子打開了。太陽低垂在天邊，已經沒那麼熱；就是在消失之前直照房子的門面，也只一下子的工夫而已，而且角度很平，光芒全無半點力氣。

阿…不動站在寫字檯前，面向板牆；出現在洞開的窗口裡的所以是側面。她正在重讀最近一封來自歐洲的信件。拆開的信封在塗亮光漆的桌子上面、皮質桌墊和金質筆帽附近，成白色的菱形。信紙拿在她兩手裡展開來，上頭留著清晰的摺痕。

讀到紙頁下方結束以後，阿…把信放在信封旁邊，坐在椅上，打開桌墊。她從桌墊的大口袋裡抽出一張同樣大小但沒用過的紙，把它放在爲此而設的綠色吸墨紙上。於是她拔掉筆帽，低下頭開始寫起來。

光亮的黑色鬈髮自由落在肩膀上，隨著筆尖的前進而輕輕抖動。雖然手臂和頭部都不像有絲毫動靜，富活動性的頭髮卻比較敏感，感受得到手腕的搖動，並且加以擴大、轉化成突然的震顫，由上而下激發一連串棕紅色的反光。

手停下來的時候，擴散和相激的作用還繼續。可是頭抬了起來，開始轉向開著的窗子，慢慢的，頓也沒頓一下。大眼睛不怕室外直射的陽光，沒瞇上。

最下面，河谷底部，太陽的光芒極其清晰斜著切過梯形耕地的每一束、每一片香蕉葉，前面的小河水面有皺痕出現，可見水流很急。唯有日落的光線才能夠明白照出由許許多多皺紋糾結而成的一連串人字紋、十字皺和斜線。水波在流動，而波面卻像固定在恆久不變的線條裡。

光輝也定住，並且給液態表面帶來比較透明的感覺。但是那裡沒有人比方說可以從橋上就近求證。四周也看不見人影。這時候沒有任何工班在這一區有工要做。此外，一天的工作時間也結束了。

陽台上，支柱的陰影又拉更長了。同時也轉了方向。現在差不多直到位處門面中央的大門口。門開著。走道的地磚裝點著倒V字形的線條，和小溪一樣，雖然較有規律。走道直通另一扇門，面對前院那一扇。大型的藍色車停在中央。女乘客一下來立刻走向屋子，不覺得多石粒的地面有何不便，雖然她穿著高跟鞋。她去探望琦香，豐把她載回家裡來。

他坐在辦公室第一扇窗下他的靠椅上。支柱的影子向他投近，成對角穿過陽台大半，又順勢畫過整間臥室再跨出走道門之外，這時來到阿…剛放上書的矮桌。豐只不過逗留一下便要回他家，他也結束了一天的工作。

差不多是喝飯前酒的時刻，阿…沒多等待便喚來小弟；他在屋角出現，端著托盤，上面裝著兩隻瓶子、三個大玻璃杯還有冰桶。他在地磚上走的路線明顯的和牆面平行也和圓形矮桌上的陰影交會；他小心謹慎的把托盤放上光面書皮的小說旁。

小說提供了交談的話題。心理上的曲折不論，故事內容寫的是典型的非洲殖民地生活，加上一些龍捲風、土著叛變、俱樂部風波之類的描繪。阿…和豐一邊熱烈的討論，一邊小口綴飲著女主人在三個玻璃杯裡斟上的甘邑加氣泡水。

書中的主要人物是一名關稅局公務員。他不是公務員而是一家老字號貿易公司的高級職員。這家公司經營不善，很快就演出詐欺事件。公司的業務非常良好。主要人物據說不老實。他是老實人，努力在收拾他的前任搞壞的局面，那人出車禍意外死亡。但是他並沒有前任，因爲公司剛剛創立；而且那不是意外。再者，出問題的是一條船（一條白色的大船），不是汽車。

豐跟著說起他個人卡車拋錨的故事。阿…因禮節所趨，追問了幾個枝節以表示對客人的關心；他不久便起身告辭，要回去他自己位在往東稍遠處的農場。

阿…的手肘支在欄杆上。河谷對面，太陽的光芒橫著照過耕地上方稀疏星散在荒地裡的樹木。長長的影子在地面上畫出平行的粗線。

河谷窪處的河流晦暗下來。北邊谷壁已經照不到半點光。太陽躲在西邊的岩質山鼻子後頭。背光石壁的邊線有一下子在強光照射的天空下明晰的顯現出來：一條陡峭的線條，微鼓，和高原相接的地方先有一個尖銳的突起再是一個比較緩和的隆起。

發亮的背景很快變黯淡了。河谷坡面上成羽束狀的香蕉林在黃昏裡變得隱隱約約。

這時六點半。

黑夜以及蝗蟲震耳欲聾的鳴聲現在又遍布花園裡、陽台上、房子四周。

附錄一

人與世界之間，理性與狂亂邊緣

——與霍格里耶談新時代新文學

前情提要

一九七五年，我在比利時魯汶大學初次接觸法國當代作家霍格里耶（Alain Robbe-Grillet, 1922）的小說。當時只約略聽說他應當歸入還在餘波盪漾中的「新小說」運動，卻一點也不知道他素有「新小說教皇」的雅號。

我很樂意爲了強化霍氏的吸引力而說些「給了我一個強烈的震撼」這類富有傳奇色彩的話。可惜，那時候我對法國文學的認識只限於像巴爾扎克（Balzac, 1799-1850）、沙特（Jean-Paul Satre, 1905-1980）這類最知名作家最粗淺的一面。所以，奮力讀完他的小說《妒》（*La jalousie*, 1957），我的讀後感只能是：不知所云！我自以爲確實弄明白的是，書名一字雙義，可解作「妒」，也可讀爲「百葉窗」，但在這裡該譯成「百葉窗」。至於全文大力描寫百葉窗究竟算什麼故事就不得而知了。

同年，我也在不知情的情況下到魯汶市一家電影院看了一部新片《戲火》（*Le jeu avec le feu*, 1975），觀後感是：亂拍！事後才弄明白，原來那也是這位霍先生編劇、導演的力作。

一九七八年轉往巴黎第七大學之後的十二月六日，一名留法女同胞約我到第三大學去看《戲火》。再看一次本來就沒喜歡過的影片，日期又記得一清二楚，原因在於那天是爲了「去看霍格里耶」：電影放映完畢，緊接著是與原作者面對面的辯論會。

大出我所料的是，放映室裡的氣氛從頭到尾都很熱烈。演出中時時有哄堂大笑的事情發生，而那些地方往往就是我認爲拍得不好應當重拍的地方。辯論時，霍氏當笑料提到，日本人因爲他有名，買了他的影片的公映權，卻發現全片找不出一個邏輯，於是建議他重新剪接，好讓它合乎所謂的常理；結果是，依據他們的要求，長片會剪成根本無法上映的短片。那天，霍氏給我的印象是，機警善辯又風趣、自信也懂得自嘲，是一位知識分子氣味頗濃厚的作家。而滿堂的年輕人雖然肆無忌憚的質詢，倒是屬於可以無拘無束接受另一種文學、另一種電影的新生代。

這一段回憶並沒有觸動我的任何情結，因爲從霍氏出版第一本小說起，他的祖國同胞們迷惑如我者有之，憤怒遠甚於我者有之。不少讀者懷疑是自己智能不足，所以看不出個所以然，抑或是作者太無知、不懂得如何寫小說、拍電影有以致之。許多評者因爲自覺受作者愚弄而義憤填膺、因為認定他在戕害有輝煌歷史的法國文學而同聲討伐。當然，也有著名學者大加推崇，肯定他打破傳統、將文學帶進新時代。一代大師羅蘭巴特（Roland Barthes, 1915-1980）屬於最後一種人；但他早期的詮釋似乎是一場誤會，還要勞動幾年之後才恍然大悟的原作者作詮釋的詮釋。關於他的作品，三、四十年來一直有相左、相對立的看法存在。也許這就是「新」的代價。

七八年去看霍格里耶，除了目擊名人的心態之外，還有和他商討翻譯《妒》的意圖在；但是會後既沒有機會也沒有膽量插入圍繞在他四周的衆人對他開口。當年我還認為《妒》是本荒謬古怪的小說；記憶中，我在七五年早就立定志向非譯這書不可，理由正在於它的古怪兼荒謬。

八七年，重抵巴黎，刻意去找霍氏，翻譯《妒》還是要點；不過，卻是因為已經可以領會霍氏的創意，也十分欣賞他的作品裡深刻的涵義。百葉窗開開闔闔，透露出強烈的妒意；而無邏輯實際上是一種新邏輯。也許可以說，我個人的閱讀經驗濃縮了兩代法國讀者由古怪荒謬而至趣味盎然的過程。

輾轉聯絡到人在諾曼第家中的霍氏，電話一接通，對方閒話家常的口吻不時夾著幾乎可以讓人感受到熱度的笑聲，立刻給我一見如故的驚喜。人未見面，我們兩人便聊了起來，主題包括我的教學情形：

「不怎麼現代吧？」

「還好，很流行視聽教學。」

「我是說現代文學。外國大學裡一般教得很古典。」

「不盡然，比如說我就教『新小說』、教您的《妒》呢。」

「那，書是怎麼來的？」他嘿嘿笑著，我也隨著他嘿嘿笑了起來；可是，他的笑聲大概有幾分惡作劇的成分，而我發出的則是尷尬的笑聲。一來，選課的學生人數難以預估，二來，價格有別，所以課堂上用影印本代替原版，有違著作權的原則。

「沒有盜印版嗎？」他的口氣似乎是懷疑中夾著失望。原來，幾年前，有個韓國人在譯《妒》，恐怕還是盜譯的，因爲原文缺頁，所以寄回原出版社要求退換。寄到的書一望而知是盜印版。那位「韓國友邦人士」急忙分辯：「那一定是台灣盜印的！」

「那好！倒可以省去我借書給學生影印的麻煩。」他當然聽得出我話中的玩笑意味。

我們見面的時間約在九月十日。地點是他在巴黎近郊的公寓裡，還得費他一番唇舌來解說。公寓在一條不算特別長的林蔭大道上，但很難找。那條路本來只有一個路名，並沒有特殊的意義；可是，前段爲了紀念一位當代小說家，所以換上他的姓名，後段又爲了紀念另一位當代作家，也改了名，只剩中段維持原名不變。他的公寓恰巧在中段，路名指標在路的任何一頭都找不到。

我笑嘆了一句：「頗『新小說』的嘛。」

見面時還鬧了一場虛驚：我帶去的錄音機不轉。我急；見這一面畢竟得來不易。他也急，連連嘆道，每次只要是高知識分子來訪，都會發生機器失靈的事件。我突然暗自好笑，因爲我們兩個人四隻手忽上忽下忙著弄那幾個按鈕，活像鬧劇片裡四手鋼琴合奏的情景。這時，錄音機又不明不白的轉動了。

我就是這樣，在懾於霍格里耶的國際名聲、懾於他的小說的荒謬的心情下開始接觸他的作品；可是，卻在充滿趣事、不時離題閒聊如見老友一般的氣氛下和他面對面交談。

「殺父」兼「尋父」過程中的衝突

劉光能（以下簡稱**劉**）：跟您在電話中連絡時，我可以說吃了一驚；我說的是驚喜，因爲您的口吻很隨和，甚至有點滑稽。說實話，我個人很受感動。您的文風相當的肅穆，可是，在日常生活中，言語卻隨和親切得很，甚至和我這樣第一次接觸的人都是這樣。

霍格里耶（以下簡稱**霍**）：我個人和外面世界的關係很融洽，甚至可以說很和樂。比如說，我定期到紐約授課，而我一到，輕輕鬆鬆就和學生建立起良好的關係；他們也很欣賞這一點。作家一般並不是這樣。像貝克特（Samuel Beckett, 1906-1989），他是拒絕談自己、絲毫不和人接觸的。班傑（Robert Pinget, 1919）的情形差不多。可是，就是像西蒙（Claude Simon, 1913）這種樂意和人接觸的人，他們和別人的交往似乎也有不少困難。我的個性裡好像有什麼樂觀、熱切的成分，使得我比如在旅行途中，不管是和法國駐外大使或是他的門房，都同樣可以輕易建立一種單純的關係。我還眞沒辦法必恭必敬向大使說：「大使閣下」，我對他跟對他的門房說話沒有兩樣。可是，據說這種情形在我的書裡感覺不出來。我想，首先該把我的作品分期來看；比方說，相對於《鏡光回照》（*Le miroir qui revient*, 1984），《妒》和讀者之間的距離要遠得多。

劉：不錯。

霍：然而，我認爲，就幽默感這點來看，兩書之中有共同的幽默感；可惜情形就跟卡夫卡（Franz Kafka, 1883-1924）一樣，他的書他自己覺得好笑，卻只有他一個人笑。我一向都說，我的作品我覺得充滿了歡樂氣息，不幸，卻沒有人看到這一點。話說回來，也幸虧如此。因爲在法國，一個引人發笑、令人爲之莞爾的作家，一般不禁讓人懷疑他不夠分量。像葛諾（Raymond Queneau, 1903-1976）這樣的大作家，他的作品很快就給歸到「趣味性」一類去，對他很不利。我一出來就有人當我是法國文學最沒趣的作家，反倒給了我不少幫助。因爲大家最後的結論是：既然這麼沒趣，那一定是很重要的作品。不過，我必須說明的是，用心讀的人，是不會覺得沒趣的，像《妒》吧，現在終於有人發現書中幽默的一面了。

劉：我承認，我在讀《鏡光回照》的時候，三番兩次失聲大笑；可是，雖然我非常喜歡《妒》，讀來卻不覺得好笑。

霍：是嗎？沒有令您發笑的東西？

劉：是沒有。

霍：這就絕了。我舉個《妒》裡很滑稽的例子吧。書裡數香蕉樹的那一段好笑極了。沒錯吧？那人眞是脫線了。香蕉園園主是不會這樣數起香蕉樹來的。這書一完成，博隆（Jean Paulhan, 1884-1968）便說要在《新法蘭西文刊》（*La Nouvelle Revue Française*）裡登這書的片段。我接受了。他說，整本書大致上可以分三次登出全文，不過，不管怎麼登，這一段都非得刪掉不可。我跟他說這是全書裡最好笑的一段啊。他說：「您這麼想的嗎？」這段有點失常、發狂的味道，類似貝克特書中的情形，我讀貝克特的時候常常失笑；雖然他的作品不算是特別有歡樂氣息的作品。從幽默感這個角度來看，我不以爲我的不同作品之間有什麼差別。不過，一般讀者的反應和您一樣，讀《鏡》覺得好笑，其他則否。也許是因爲作家應用兩種不同的語言，兩種看來一模一樣；而其實其中一種是日常的溝通語言。比方說，我等一下得去訂機票，我會說：「我要廿七日的票……或者是……唉呀，都可以啦……」差不多都是以「都可以啦」作結。這是一種日常的溝通用語，是理性的（rationnel）。反過來，作家寫作就完全不符合這種要求，我不同意像沙特一樣做「散文」和「詩」的區分。在我看來，文學是「一場文字漫遊記」（une aventure des mots）。根據沙特的分法，福樓拜（Gustave Flaubert, 1821-1880）和普魯斯特（Marcel Proust, 1871-1922）就都該歸到詩人一類去了；因爲他們的敘述內容說起來還沒有字詞的音韻、表達方式等來得重要。而《鏡》有不少段落應用的正是溝通語言；這樣會拉近作者和讀者之間的距離。對像我這樣和外在世界關係密切的人，這個不難。相反的，作家語言無可避免的會把讀者推到一段距離之外。喬伊斯（James Joyce, 1882-1941）就是這種情形。大作家的作品都是有距離的。如果您比一比福樓拜的信札和他的小說《沙龍波》（*Salammbô*, 1862），您也會有相同的感覺。

劉：確實，我在讀《鏡》時可以很清楚的覺察到書中併用了兩種語言，比如說，寫亨利王和寫您自己的段落就很不相同。關於《妒》，我來修正一下我的說法吧。讀

《妒》的時候，我時常有共謀式的會心微笑……

霍：沒錯吧！

劉：有會心的微笑，因爲我看懂了，書裡計算餐具的數目，是爲了暗示有個不現身的主角兼敘述者存在的緣故。說到計算香蕉樹，說實話，我不認爲是他在計算。

霍：《妒》書裡什麼事都透過他，書中寫的沒有一點不是他的眼中所見、腦中所想。這個人物看來不在場，卻什麼都透過他來說。

劉：我認爲在某些段落裡，他可以算是「敘述者」，可是在另一些段落中，他只是個「觀視者」。

霍：未嘗不能這麼說，可是這話不明白。整體上他是個無言的觀視者。可是，計算香蕉樹一定是他在計算的沒錯。對吧？對我來說，那當然是主角在算的。這一點我很重視，因爲全書中一再有「秩序」和「脫序」（ordre et désordre）的交戰存在；主角想盡辦法要把一切事物納入秩序之中，什麼都要計算、要編上號碼，就是個殖民者的行徑嘛。可是，無事不是和他相背、相違：當地的自然環境、會變換位置的香蕉樹……這一點所以很重要，因爲如果一名法國農民將蘋果樹種成外四中一五棵一組，過了三十年，蘋果樹還是外四中一五棵一組；香蕉樹就不一樣，割蕉之後，蕉樹砍了，旁邊再長新幹，所以不能保持原來的一直線。

劉：除此之外，還有其他性質的「條理」與「混亂」之戰，包括幻想、雜念、乃至某種狂亂（délire）……

霍：這也是羅馬精神和蠻族作風的戰爭。法國正是兩極混合的產物。法國是「理性」、「法律」、「明辨」（raison, loi et clarté）的象徵；其實這些都是由外地引進的。那是羅馬帝國、殖民地主帶來的東西，比方說，法國法其實就是羅馬法。可是，法治現在反而變成法國而非義大利的特徵了。這些東西純粹來自殖民地主；被殖民者，原住民塞爾特人（Celtes）的精神就全然不同。我想，我們所說的法國文學就是羅馬式的「條理」和塞爾特——或西北歐——的「狂亂」兩者的共同產物。《妒》特別明顯，整本書完全建立在秩序與脫序彼此的衝突這樣的結構上面。

劉：可以說是秩序與脫序、理性與狂亂的矛盾關係的小說版。

霍：是啊，代表秩序的永遠是男性、白種人；而在男性白種人眼中，代表混亂的是女人、幼童和黑人。

劉：《妒》裡頭確實如此。

霍：在《幽會屋》（*La maison de rendez-vous*，1965）裡，中國扮演的是類似的角色，代表紊亂的角色。《幽會屋》的敘述者也是一再努力把生活納入秩序之中。他反覆準確說明「我在九點十分搭計程車進城」，不幸，從這裡開始，什麼都亂了：公園裡濃密的熱帶植物在別墅四周自由發展……

劉：我準備了幾個問題要問。我考慮的讀者是對「新小說」以及您的作品非常欠缺瞭解的一般人，所以，有個問題您或許覺得愚蠢，我卻不能不問。那就是：在您的作品之中，哪些最受讀者歡迎？哪些得到文評人最多的推崇？哪些譯成最多的外國文字？而您自己又有什麼偏愛？

霍：我從最後一個問題答起：我偏愛的永遠是我正在寫的那一部，這一點毫無疑問。一般說來，作家有這麼一個傾向，那就是特別愛護最不受讀者大眾喜愛的一部。對我來說，我偏愛的所以是《金三角回憶》（*Souvenirs du triangle d'or*，1978）；這書現在也出了普及版，也並不是沒有人翻譯，不過了不起五六種語言而已。相反的，《妒》卻有三十多種譯文。譯得最多的是《妒》。

劉：《妒》之後呢？

霍：大概是《爲新小說辯》（*Pour un nouveau roman*, 1963）、《橡皮》（*Les gommes*, 1953）、《幽會屋》……。我也不很清楚。至於說文評和讀者的反應，這個問題可就難回答了。像《妒》，這書目前最有名，讀者最多，光是法文版，每年差不多就賣一萬本左右；可是，《妒》也是當時最不受歡迎的一本。那時，大衆傳播一篇佳評也沒有，只有幾本期刊上有。大報上，包括《世界報》（*Le monde*）、《費加洛日報》（*Le Figaro*），一篇好評也沒有，甚至還有報紙說我瘋了的。差不多有十五年之久，人人都當我是晦澀難懂的作家。我的際遇很特別，在五〇年代，大約五五到六五年之間，當我很流行、是個十分時髦的話題的時候，沒有人讀我的書。我一向都舉這個數字作例子：我的第三本書《妒》——當時我已經是知名作家了——出版時才賣掉三百本，所有法語國家全算在內才賣掉三百本；可是，到處都有人在談我，報上也長篇累牘的評，可就是沒人讀我的作品。而現在我的讀者羣頗驚人的，甚至比號稱暢銷書的讀者還多。不過，這個讀者羣是慢慢形成的。莒哈絲（Marguerite Quras, 1914-1996）、西蒙以及所有「新小說」家的情形都是這樣。最近班傑出了本新書，情況好極了。我們所帶來的文學我本來並不認爲有多新，倒是覺得是承襲福克納（William Faulkner, 1897-1962）、卡夫卡、喬伊斯、普魯斯特、《嘔吐》（*La Nausée* 1938，原義爲《作嘔》）、《異鄉人》（*L'Etranger*，1942，正譯爲「外人」）的文學，再平常不過。然而，大家居然有決裂的感覺，就好像那是從月球上掉下來的東西；我想不通是怎麼一回事。他們要過相當久的時間以後才終於讀得下這些書。讀者也不是像我這樣的老頭子；他們年輕多了，大概可以說他們是給這些書塑造出來的讀者。是藝術創造觀賞者，而不是觀賞者創造藝術，沒錯吧。確實，現在有個新的讀者羣不覺得格格不入，讀這種書不成問題。當然，並不是每一本書都像莒哈絲的《情人》（*L'Amant*，1984）一樣的驚人，那是特例。《幽會屋》是我第一本一出版就叫好又叫座的書；最近幾年的書也滿暢銷的，比如《精》（*Djinn*，1981）和《鏡》，一出版就賣得很好。我的書和西蒙的比起來較爲有利的是，我是用極爲單純、清晰的法文寫的，一點都不複雜。

劉：我的看法也是西蒙的句法要比您的複雜許多，常常讓人弄不清動詞在哪裏、主詞是哪個……

霍：正是！正是！我的句法很單純，跟卡夫卡一樣。我用的法文實際上是很純淨的法文，盡管說我的字彙用得太多。在台灣有些什麼「新小說」譯成中文的？

劉：據我所知，全譯本有莒哈絲的《情人》和西蒙的《豪華大旅館》（*Le palace*，1962），後者是從日文譯本轉譯成中文的……

霍：每次有人問我，一個沒讀過我的書的人該從哪一本讀起，我總覺得很難答覆。因爲我不認識對方，而這種事又因人而異。一個讀過卡夫卡，讀過現代文學的人，大可以從《妒》著手；當年是不可能的，現在就沒問題了。平常我都答說從《精》開始，這書一出版就頗受歡迎，一般人也覺得它比較容易懂。

劉：剛才您說您最喜愛的永遠是您正在進行中的一本，是不是您又有一本新書在寫？

霍：都差不多完稿了。您到達之前，出版人藍東剛好打電話過來，他手中有大部分的原稿，讀了一半，打電話來告訴我他很喜歡。那是《鏡》的下卷。

劉：讀《爲新小說辯》以及《鏡》的時候，我有這麼一個感想，那就是您費了很多力氣在自我解釋，甚至自我辯白。「辯白」這詞還是您自己用的。我這話可以分兩個角度來看，您一方面極力表明您的作品和先前的法國文學、西方文學的聯貫性，另一方面，您又辯解道，您之所以這樣寫是由於這個緣故、那樣寫又是爲了那個理由。

霍：完全正確。開始的時候，我寫了三本書——《殺王》（*Un Régicide*, 1949／1978）、《橡皮》、《窺視者》（*Le voyeur*, 1955），出版了後兩本。突然，我發現，我對文學有一套看法，而文評界卻有人依據另一套看法來評我的書。我覺得這個問題有意思，所以就在上面下功夫。我一向對觀念問題、理論體系感興趣，也愛讀論述、哲學、科學類的書籍。當我讀到文評同聲討伐《橡皮》、《窺視者》的文章的時候，我大可以對自己說他們是白癡，不必加以理會。事情的發展完全不是那樣；我對他們的觀念起了好奇心。我自忖道，他們有一套理論是我不熟悉的，於是開始研究他們討伐我的文章，以便瞭解他們思考法則、他們的意識型態基礎。大家一再提巴爾扎克，我卻從沒讀過他的作品，因爲我覺得它們無聊極了；我倒是熱愛福樓拜。巴爾扎克是個大作家，因爲多產、速產的緣故。我可以一頁又一頁背誦福樓拜的作品給您聽，巴爾扎克的作品卻一句也沒記住，最多記住一兩句。在我眼中，他不算個作家；而在當時文評人眼中，他卻是作家的代表、法國文學的化身。

我發現，一者，他們感興趣的文學我一點也不感興趣，二者，他們似乎一點都不曉得小說在巴爾扎克之後的演變。對我來說，喬伊斯、卡夫卡、福克納、包赫斯（Jorge Luis Borges, 1899-1986），才算得上是二十世紀的大家。但是，他們對這幾人好像一無所知。我便對自己說，我該解釋給他們聽，讓他們知道，他們說的雖然未必是蠢話，卻完全過時；而且不是因爲我出現才過時，是老早就過時了，從普魯斯特起就過時了。當時幾位享盛名的文評，我叫他們「書院文評」（critique académique），這個不能和「學府文評」（critique universitaire）混爲一談；「書院」和「學府」這兩個字在法文裡大有區別，書院指的是「法蘭西書院」（Académie française）那些人。這些人對文學的定義僵硬又狹隘，不僅把文學限死在過去，而且是在一個短暫的過去之中。我這麼說，因爲他們的文學定義對狄德羅（Denis Diderot, 1713-1784）都已經不適用；他的《宿命論者傑克》（*Jacques le fataliste*, 1773／1796）是無法納人他們的小說觀裡去的。於是，我突然對文學史產生興趣，對從《柯雷大公夫人》（*La princesse de Clèves*, 1678）算起的文學演變產生興趣。我雖不是馬克思（Karl Marx, 1818-1883）主義的信徒，卻可以明白有個人類文明進化史可言。我的意思是，寫作，在今天和在斯丹達爾（Stendhal, 1783-1842）的時代是不同的兩回事；今天如果有本寫得和《紅與黑》（*Le rouge et le noir* ,1830）一模一樣的小說，他是稱不上大作家的。我在《爲新小說辯》裡寫道：沒有無時間性的千古巨構，只有具歷史性的著作。這麼想過以後，我開始寫信給文評——莫里亞柯（François Mauriac, 1885-1970）、翁里歐（Emile Henriot）等人；其中有好幾封後來在《斜角》（*Obliques*）季刊我的專輯裡刊了出來。之後，有人問我何不寫給報刊發表。《快報》（*L'Express*）當時是個小日報，問我肯不肯闢個專欄；我於是寫了一些短文，是有筆戰氣息，不是爲了說明我的觀點，而是爲了說明批判我的文評人的觀點。可以說，我暴露了他們的意識型態；他們自以爲那是天經地義的觀念，而其實那只是一個有時間性的思想體系。然後，對我的批評文章感興趣的人還不少，所以我就轉而爲《新法蘭西文刊》寫長一些的文章：〈未來小說之路〉（“Une vois pour le roman futur”, 1956）、〈自然・人本主義・悲劇〉（“Nature, humanisme, tragédie”, 1958）等等。這時，出版人葛里瑪（Gallimard）也請我把這些文章收集起來；《爲新小說辯》就是這樣來的。這書只不過是前後分別發表在許多報刊上的文章的集子，當時在「葛里瑪」出版社的「意念」（Idées）叢書裡出普及版，也在「子夜」出版社以正常版本的面目問世。這下子，新的誤解又發生了，而且牢不可破。大家都說：霍格里耶是個理論家，他先寫理論再依據他的理論來寫小說。事實正好相反：我先寫小說，然後才針對文評界對我的小說的批評來發表意見、加以答辯。我也有權利和文評人對話。我也從來不覺得我必須受我所說的法則的束縛。比如說，我一邊在《爲新小說辯》裡面批評轉喩（métaphore）式的寫法，一邊在寫《妒》，這小說正充滿了轉喩。理論不會成爲我的限制，倒是比較像寫作上的一種前置假設。我是不相信理論的「眞理」地位的，也所以才會和李卡度（qean Ricardou, 1932）鬧翻；他的思想是很有意思，可是他卻一心一意要建立「新小說」的眞理。「新小說」沒有眞理，有的話就不算「新小說」了。李卡度有些作法眞不可思議；比方說，他把莒哈絲除名，不讓她算進「新小說」裡去。

劉：她自己拒絕的啊。

霍：她拒絕參加會議，可是這不是個理由啊。「新小說」並不是軍隊報到，大家來登記好了齊步走。「新小說」是一種「精神」，是一種「觀念」，那就是「小說」永遠處在必須重新創造發明的狀態。「人」如此，人的「行爲」也是如此。我本來受的是自然科學的教育，一個有科學背景的人絕不會把過去的科學成就當做律法來看待——在伽利略（Galileo, 1564-1642）的時代才那樣；今天不會有任何一名物理學家說您講的錯了，因爲三十年前有人說過相反的話。這話會讓人笑的，沒意義嘛。科學永遠在前進之中、等著重新發明。可是，我發現文學中有一些硬幫幫的法條；他像說我不是一個眞正的小說家，是因爲我的寫法不像巴爾扎克。一來，由於我生性好辯，喜歡面對和我意見不同的人，二來，我的口才不差，結果是，認爲我的小說難以卒讀的人發現我的論述文章可讀性頗高的。

劉：您的自辯看來有兩個方向，一個在於指出傳承，算是「尋父」，一個在於「殺父」，爲了破除……

霍：我從來沒有認巴爾扎克做我的父親；我的文學之父是福樓拜。

劉：我是說法國人眼中的近代法國文學之父。

霍：我常常提到巴爾扎克，只是因爲老有人拿他來煩我，如此而已。要不然我壓根兒也不會想到他。我讀的不是文學系而是自然科學，所以並沒有讀過巴爾扎克。我在中學讀過的是像柏拉圖（Plato, 428-348B.C.）之類的名家。

劉：可是，您對巴爾扎克照批不誤。

霍：整體說來，他是個有用的敵人，我是在開始讀他的作品時才發現的。一來，文評界當他是永恆的文學典範，二來，他的作品其實很粗糙，所以很好攻擊。他的文筆笨重得很，我有時會和朋友高聲朗誦他的字句當消遣。他的文筆沒有一絲笑容、很僵硬：文義笨重、籠統。《路易・隆貝》（*Louis Lambert*, 1833）就是這樣。比起來，令人驚訝的是，福樓拜的文字工夫下得很大，反而流利、有活動感。巴爾扎克有些不列入正典的作品反而好，像《西哈菲達》（*Séraphita*, 1835），《薩哈金》（*Sarrasine*, 1830）就是。而人家丟給我的卻是《尤金妮・葛蘭德》（*Eugénie Grandet*, 1833）、《高老頭》（*Le Père Goriot*, 1835）這類充滿笨重的道理的作品。我當他是有用的敵人，也許他眞的是個大作家，天曉得。

劉：您對巴爾扎克的指責……

霍：我對他沒有任何的指責。我責怪的是，今天的法國作家裡還有人試著模仿巴爾扎克。他的作品有它的歷史性，是某一個歷史時刻的產物；不是特別自由的時代，而是中產階級大盛的時代、崇拜理性的時代。如果將巴爾扎克放回他的時代裡去看，我們眞可以對他有所批評的是，他的筆風缺乏自由氣息、缺乏某種未來性。當時巴爾扎克很照顧斯丹達爾，因爲他不太得意。他常常告訴人家多讀他的作品。他也教導斯丹達爾什麼地方要改、該刪；而他每一次說什麼不好，偏就是那裡好、正就是他之所以是個現代作家的地方。《巴梋隱修院》（*La Chartreuse de Parme*, 1839）開頭有關滑鐵盧戰役那一段是最有名的典故。書中描述滑鐵盧戰役的是一個外國人；他的法文不好、不屬於交戰的任何一方，一整天跑上跑下、莫名其妙被人當奸細關起來，等等等等。他一點也弄不明白這場戰爭是怎麼回事。他的情形再自然不過；他是個掉了隊的士兵、在一片混亂之中不知所從的小兵，一會兒騎馬、一會兒跑路，因爲馬給偷了。巴爾扎克讀了深表遺憾，說他也覺得莫名所以。給他來寫，他會坐上直昇機，各路人馬一覽無遺，當然無事不知。可是這一來還有什麼意思？《巴梋隱修院》裡這一段特別値得推崇，理由正在於那是一個有所不能的敘述者所作的描述，而這一點已經是文學的新時代來臨的訊息。作家有兩種類型，其中一類之所以寫作，是因爲他們對這世界瞭如指掌，巴爾扎克就是這樣。其實他們了解的只不過是某一種意識型態罷了。他是社會的代言人。「我在王權和宗教這兩把火炬的照明之下寫作」，巴爾扎克如是說。另外一類之所以寫作，則是因爲他們有所不理解。

劉：而您屬於第二類型。

霍：正是。在斯丹達爾筆下，有人要描述滑鐵盧那一仗，正是因爲他不理解那是怎麼一回事。他在隨後的一生之中便時常自問，是不是打過這一仗、是不是去過滑鐵盧。這兩種類型的差異從書的第一行起就可以覺察。寫「路易•隆貝，一七九七年生於凡多瑪縣蒙岱鎮，父親在鎮上有家小規模製革廠，打算將來由他承襲……」的人是個自信、無所不知的敘述者；他眼中的世界也是層次井然、有條有理。您記得《異鄉人》是怎麼開頭的吧？「媽今天死了。也許是昨天，我不確定。我收到了養老院的電報『母死，明日安葬，謹此奉告。』這話不表示什麼。也許是昨天吧。」這不是同一型的敘述者…他給人的感覺是，他之所以提筆，正是因爲他不明白。在第一句話裡有兩個命題：「我不確定」、「這話不表示什麼」。換句話說是：「我有所不解（incompétent）」、「這世界有所不清（incohérent）」。我就是為了這個理由寫作的。

劉：可是，您的作品有一點很不相同，那就是，雖然在《異》裡，敘述者對他的所見所聞有不明白的地方，讀者卻明白敘述者不明白。而在您的作品裡，讀者和敘述者同時陷於無法確定的狀態（incertitude）之中。

霍：「新小說」的特點之一是，讀者成了文本的主要角色，這種情形在《異》裡面已經開始出現。較之沙特的《嘔》，《異》裡的荒謬是一種比較直接的體驗。《嘔》裡則是經由一位讀過胡賽爾（Edmund Husserl, 1859-1938）的教師所作的解說。《異》寫的是一個人的親身經驗，而他對自己的經驗不了解，也沒有多作解釋。就像您所說的那樣，在《異》裡面，敘述者的問題是敘述者的問題；而在「新小說」裡，不確定感卻存在於文本這個層面。我原以為讀過《異》的人一定可以看懂《妒》；但兩者之間確實有個裂口。兩本書裡的氣氛是相同的，可是《妒》書裡的世界是在書裡產生的，而《異》的世界還是有「外在」的性質。

劉：《妒》書在文本這個層次就有所不明，也因此讀者要做更大的努力才能理解。

霍：可是，《異》表面上的澄澈往往造成莫大的誤解。我常常在課堂上教《異》。有個學生他是這樣描述《異》的：這個故事講一個小子不愛他母親又無心殺了個阿拉伯人；然後他明白他錯了，不該做這種事；他被判死刑是罪有應得。

劉：那也是書中法官的了解。

霍：對極了，法官的了解也差不多是這樣。

劉：說到這裡我們遇到了核心問題。您在《爲新小說辯》裡提到，「新小說」家有個共同的主張，那就是找尋新的「人與世界」的關係的新的論述方式。您卻又在《鏡》裡說世界是無法描述的。沒有矛盾嗎？

霍：我的意思是說，我越來越相信「世界」無法自外於「對世界的論述」。巴爾扎克給人的感覺是，他認爲世界是自存的、完成的，他則是在事後再來描述這樣的一個世界。至於現在的宇宙科學學者，他們卻認爲世界永遠正在形成之中；所謂的「世界」這個觀念不斷的在變化。我們不能活在和前人相同的「恆定感」（stabilité）之中。我眞心認爲巴爾札克式的文學在今天是不可能的。我對承襲巴爾扎克傳統的人大力批評的理由是，巴爾扎克的小說建立在一種今日全然不能成立的世界觀上面。就心理學、理性論、邏輯觀念來看，這一切都改變了。我一來認爲這世界是無法描述的，二來卻又決心加以描述；也許正是因爲不可能，所以才要努力去做。可是，做的時候也要避免加以僵化、固化的危險。幾年前又出現過一系列攻擊「新小說」的文章，批評我的作品冰冷。我說的是艾宏（Jean-Paul Aron）的《現代人》（*Les modernes*）。文裡也指責像巴特、傅柯（Michel Foucault, 1926-1984）、布雷茲（Pierre Boulez, 1925）這些人的作品冰冷。其實，巴爾札克才眞的冷冰冰、硬幫幫。對我來說，那是最冰冷的時代；福樓拜出現，解凍時期才開始。

劉：披著人本主義（humanisme）外衣的冰冷時期。

霍：是啊，兩者一體嘛。「新小說」家的立場是：一、他們並不是眞正明白他們的想法是什麼，換句話說，他們的想法是，「想法」還在有待發明的狀態，二、小說是進行想法的發明的場所，而且，這種發明的嘗試不能受法規的束縛，不管法規是來自巴爾扎克還是來自李卡度。然後才能說：世界是這樣的。這樣一來我也可以弄明白世界是怎麼一回事了。

劉：我們似乎早已進入「現象學」（phénoménologie）的範圍了。您同意人家稱您是

「現象學派小說家」吧？

霍：完全同意。我不同意的一點是，許多用這詞的人根本不懂這詞所指的意義是什麼。有人拿這個字來批評我……我說的不是現象學家，不是像易博理（Jean Hypolite，1907-1968）這樣的人。他在《妒》一出版就在課堂裡教它，這種事情可是很難得的；他也是翻譯海德格（Martin Heidegger，1889-1976）又把胡賽爾引進法國的人。當時借用「現象學」這個詞的文評人好像認爲「現象」是自存的，和觀察者無關；對胡賽爾來說，「現象」卻只有在觀察者的投射之下——所謂的「意向性」（intentionalité）——才出現。這樣說來，整個現代小說都是胡賽爾的現象學的後代，「新小說」更是如此。

劉：其實，普魯斯特的《追憶似水年華》（*A la recherche du temps perdu*，1913-1927）已經有現象學的意味了。

霍：沒錯。普魯斯特自認較爲接近柏格森（Henri Bergson，1859-1941），而實際上他已經帶有胡賽爾的色彩了。

劉：是不是也該從這個角度來理解「新寫實」的說法？我這麼問，因爲您和出版人藍東

（Jérôme Lindon）有過稱「新小說」爲「新寫實主義」（nouveau réalisme）的念頭，您也說過「每個時代有每個時代的寫實主義」之類的話。

霍：有關「眞實」的觀念不停的在改變，這一點我在《鏡》裡談了不少。

劉：現在回頭來談您在前面說到的「不解」、「不清」的「異感」（étrangeté）。您自己似乎把這種心情歸因於第二次世界大戰的經驗。當我在讀《鏡》的時候……

霍：是啊，是啊。這一點滿重要的。在我所受的教育裡，「秩序」的觀念佔很重要的地位；我對秩序的尊重甚至使得我也可以欣賞納粹作風。而在我突然發現納粹政治的混亂、瘋狂時，也突然驚覺秩序與脫序之間一體兩面的關係：秩序其實是最糟的脫序現象。這正是《妒》書裡計算香蕉樹那段要寫的。秩序的結果是脫序。

劉：當我讀《鏡》寫到您在德國勞改營那一段時，我也頗有在讀《異鄉人》的感覺……

霍：對極了！

劉：這麼說來，您的作品裡也有某種「荒謬」（absurde）——「無意義」（non-sens）——的思想在？您在《鏡》裡談到不少「異感」的問題。那麼，您的作品還眞可以標上好幾個不同的名稱：現象學小說、荒謬文學……

霍：「現象學」這詞不用爲妙，因爲有不少人不明白哲學裡的「現象」是什麼。「荒謬」最好也避免，因爲這詞的普通涵義也和哲學上的用法不同。第三個常用在我身上的字詞是“objectivité”這下子問題更大了。“objectif”這字平常的意思是「中性」、「客觀」；而根據我的了解，巴特用這字，想的是：「指向客體」（tourner vers l'objet），是現象學裡所說的意識行爲，當然是主觀的（subjectif）。每次有人抓個詞把它當標籤貼在我身上，最後一定會發現問題重重。

劉：台灣對尤乃斯柯（Eugène Ionesco, 1909-1994）的「荒謬劇」也有類似的誤解，往往把「荒謬」當「荒誕不經」來用；至於您的小說，一般都在「中性、客觀」上作文章。

霍：這些哲學概念我滿清楚的，可是一般人並不熟悉。「新小說」家之中，比如班傑和薩候特就很不能忍受我談胡賽爾，海德格更別提了。哲學思想與文學之間確實有極端密切的關係；在法國文學裡尤其是千眞萬確，幾乎成傳統了。拉辛（Jean Racine, 1639-1699）和「冉森派教義」（Jansénisme）的關係、普魯斯特和柏格森的關係、沙特和胡賽爾的關係……法國文學有個顯著的特點——這一點在英國文學裡看不出來——那就是小說和形上學的目標相同，都在回答這樣的問題：這是什麼？我在做什麼？我又是什麼？這是「本體論」（ontologie）的基本課題。我不懂爲什麼小說家就沒權利了解這些思想體系。我對這些問題的認識是很晚近的事情。我是說，我在寫下大部分的作品之後才開始讀胡賽爾和海德格；我也必須承認，果不其然，我所討論的是相同的問題。

劉：可以再來一個問題吧？您在談到自己的作品時，常常拿音樂和繪畫來相比，並且說，相形之下，文學的發展要慢多了。您這麼說的時候，心裡想的是什麼樣的音樂、什麼樣的繪畫？

霍：我有不少畫家朋友，既有私人的友誼關係，也有純粹知性的關係。這些人大體上是塞尙（Paul Cézanne, 1839-1906）和杜象（Marcel Duchamp, 1887-1968）的後代。至於音樂，是延續貝爾格（Alban Berg, 1885-1935）精神的音樂；並不是嚴格的「系列音樂」（musique sérielle），而是來自系列音樂的產物。

劉：您怎麼描述這種藝術呢？

霍：我不描述；相反的，我用來和著寫作。我就和羅森貝格（Hilding Rosenberg,

1892）合作過一本書，叫《表面上可疑的痕跡》（*Trace suspect en surface*）。

開放的結局

能見到霍格里耶，有不少幸運的成分。這人行蹤飄忽不定，我們見面之後兩三天，他們夫婦便一連去了冰島、以色列、美國等地；到前兩個國家是爲了演講，到紐約則是因爲有定期的法國文學講座。他在世界各地比在法國本土獲得更普遍的肯定，往往讓外國專家當法國固有精神的表徵、法國當代文學的代表性人物來看待。

電話中，他原只願意接受一個小時的訪問，因爲臨行之前等著處理的事情太多；在我強調「我來自遙遠的世界彼端」之下，他才答應延長半個小時。不過，時間必須訂在平常最不能辦事的中午十二點半。當天談著談著，他沒注意時間，我也順水推舟裝著忘了時間。足足兩個小時以後，他餓得撐不住，而我所準備的問題還有許多沒問到。我短期內會再到法國嗎？最快是一年以後的事。可以和他在紐約會合嗎？不可能。他突然找到兩全其美的辦法：「那您乾脆抄我書裡講的話嘛！」如果是爲了篇幅，我非但沒有多此一舉的必要，反而還有很多可供刪節的餘地。

果眞刪去的部分包括談到訪台的段落。不知是我方還是法方曾經在八十年代初期向他表示，期望在荒謬劇作家尤乃斯柯之後邀請他來。可是，尤氏在八二年來觀光演說過了，對霍氏的邀請卻從此沒了下文。我個人十分相信他的作品會引起台灣知識分子的興趣；他的訪台或許因此在不久的將來可以實現也說不定。何況，他對在我口中幾近「安那其」（anarchique）的台灣也充滿了好奇和好感。

附錄二

找回想像力所失去的自由

——霍格里耶《妒／窗》讀創

找回想像力所失去的自由

——霍格里耶《妒／窗》讀創①

劉光能

零

霍格里耶的作品不分小說和電影，都是考驗讀者、觀衆的好材料。所謂的考驗，對象未必是對於文學、電影的興趣不高、所知有限的一般人，反而可以是具有相當的閱讀經驗、乃至鍾愛這兩種藝術的法國本國人或是歷史血源相連的的西方人。考驗的內容也無關難以捉摸的文化背景、深奧的哲學素養，卻是一個既單純又弔詭的問題。也就是能

① "Alarecherchedel'imagination perdue : La jalousie d'Alain Robbe-Grillet ou Comment jongler avec les paradoxes"

不能擺脫過去的閱讀經驗，擺脫其實應當只屬於一種特定的傳統，可是往往被當作普遍眞理的叙述成規和思惟格式所造成的束縛。或者更基本但也更棘手的是：能不能釋放自我、縱自己的囚，找回個人的想像力，找回想像力本身最不應該失去的自由。就霍格里耶的第三部小說也是代表作而論，讀者必須自求解放的理由，首先在於《妒》的書寫已經開創一種遊走於小說／電影、唯物／唯心、透明精密／爆裂紛飛……邊緣的「多點臨界美學」。

一、「反」其道

霍格里耶時常籠籠統統駁斥「傳統小說」，或是指名道姓批判十九世紀大文豪巴爾扎克（Honoré de Balzac, 1799~1850）。在他眼中，兩者大致一體，而他批駁的對象，明確說來，是所有近似巴爾扎克的作品或是以之爲典範而且儼然正統的小說。其實，巴爾扎克的書寫模式，有一部份而且還是最根深蒂固的部份，應當往前兩千年追溯到古希臘亞理斯多德（Aristotelês, -384-322）傳世的《詩學》（*La Poétique*）。概括言之，亞氏自己傾向於當作共同「規範」（norme）來看待的書寫理念充滿濃厚的「理性」

（rationnel）氣息，十分強調循序漸進、因果分明、淸晰可信的重要性。而今日衆人習以爲常的叙述模式，就算不是直接來自於這種理念，至少也有間接的關連。然而，牽涉複雜的深層問題不如暫時擱下，因爲簡單援引巴氏的名著——譬如《高老頭》（*Le père Goriot*, 1834）——並列相比，或許是突顯《妒》的特色較爲具體、快速的手段。大致上，不管是職業文評還是一般讀者，在談論小說這種叙述文類的時候，首先想到的多半是標題含意、故事內容（包括發生的時地、中心人物、重點情節）……這類最基本的問題。這裡無妨隨俗，以此作爲探討的出發點。

1

《妒》的標題已經預告全書文本的矛盾性格，尤其是遊走於唯心／唯物邊緣的精神。陰性普通名詞“jalousie”在現代法文之中，一般指的是某種「情感反應」，最常見的含意是：不容別人比自己成功、唯恐對方和自己分享甚至獲得更多好處的「眼紅」、「嫉妒」；或是猜疑自己用情的對象心中另有所繫、行爲有所不忠的「醋勁」、「妒忌」。此外，也可以指稱一種「物體」：原始用意在於方便窗後的（女）人觀看窗外卻不爲閒雜人員所見而設計的窗櫺、百葉窗；然而絕少如此使用，因爲不管是屬於拉簾式或者在歐洲更通行也是《妒》書中眞正出現的窗板式「百葉窗」，平常其實名之爲“persienne”或“volet”。

換句話說，根據直覺，任何人對標題的理解都會是：妒。然而，這字滿布書中，出現不下二十次，指的卻總是一種更罕見的木製百葉窗，框內的葉片並非完全固定，而是只有左右兩邊的軸心點如此，所以像拉簾式的百葉窗一樣，能夠調整傾斜度、開合。唯有以形容詞的形式出現的一次才當「妒」的意思用；此外，那裡的詞尾作陰性變化，因此是妒婦之妒。

2

關於時間問題，所謂的「時代背景」是最粗略的定位法。實際上，在小說這種文類裡，最起碼可以分出「事件時間」、「敘述時間」、「絕對時間」、「相對時間」，而其中可以產生的組合與變化更是繁複已極。歷法上的年月日是超然的時間，自成體系，超乎個人的際遇，姑且稱之爲絕對時間。不過，採取相對的方式，以事件發生的久暫、前後的關係作爲標定時間的依據是更普遍的做法。扼要說來，小說的故事之所以是「故」事，乃是因爲敘述的事件已成過去，動詞因此絕少使用現在時態。而故事中各個事件的敘述順序縱然經過大力扭曲，比方加入預言、倒敘、插敘等特殊的處理，一般也不難依據直接或間接透露的絕對與相對時間，將大小事件以類似編年紀事的方式逐一還原，排列出直線式的時序。

以《高老頭》爲例，故事核心的絕對時間斑斑可考，設定在一八一九年十一月底，大學生賴氏（Rastignac）立志躋身上流社會，開始將勃勃雄心化作實際的行動，以迄高姓老人爲女兒犧牲，草草下葬結束一生的一八二〇年二月二十日之間。全文則是事過境遷有感而發之作。其他時候，大部分由相對時間取而代之：賴氏首度參加豪門聚會，前夜共舞的貴婦和高老頭之間有父女關係，而且壓榨親父由來已久。文中也是先行細述高老頭的潦倒，然後才回頭追記他致富的手段以及促成一雙愛女高攀權貴的苦心。大體說來，文裡極少後到的事件先陳述、先來臨的後披露的情形，主要事件的敘述條理井然。

相形之下，《妒》書的時間交代幾乎反其道而行；更奇特的是，精確／模糊一體兩面、互爲因果。首先，全文共分九節，除去極少數的段落以外，動詞全部使用現在時態。再者，其中一、二、五、六、九等五節更採用時間副詞「現在」起頭；而且「現在」以及相近的「這時」、「此刻」反覆出現，遍及全書。可惜，「現在」並非固定的時刻，而是正在進行中的任何一刻。其他諸如「今晨」、「正午」、「黑夜」各詞的出現，以及太陽的方位、房屋投影的長短等等細節的描述，表面上一再確定當時何時，實質上還是一種間接表示那也是現在時刻的方法而已。因此，只有極少數的事件之間可以定出前後的時間順序。也就是說，在霍氏筆下，不僅絕對時間付諸闕如、相對時間寥寥可數，而且，不計其數的時間副詞、片語不但反而增加時間定位上的困難，同時也導致故事情節嚴重喪失堪稱首要的層次感、聯貫性。

3

至於空間問題，大體上則可以歸納爲「絕對空間」和「相對空間」兩類。前者藉助於地理上的自然現象以及人爲的行政區畫作爲定位的標準：某大陸、某市、東西南北。後者指的是以某一人、某一處爲基點而劃分的各種空間關係，包括此處彼端、遠近、上下、裡外、前後。

《高老頭》的空間處理有極端化的地方，但是其中的三個特色頗具普遍性。首先是地點明確、有憑有據。高氏的悲劇發生在巴黎、塞納河左岸；他和賴姓大學生等人寄宿包伙的「伏蓋之家」（Maison Vauquer）坐落的街道毫不含糊，周遭環境、其他人氏的宅第、途經的街道也都清楚交代。其次，空間的描繪善用全知的移點透視法（omni-science），泰半不受個別角色的定位觀點（focalisation）所限，甚至可以大大超出人類能力的範圍，無所不在、來去自如。論典型，莫過於開頭數頁對於伏蓋之家的介紹：作者（敘述者）先從高空作大遠景鳥瞰，呈現兩處高地和夾在中央的谷地，隨即下推，以全景指出谷地裡介乎兩大圓頂紀念堂之間的貧民街道，接下來類似採用中景與近景交替的手法，由樓房門面而內院、從一樓拾級而上，逐層逐室一一檢視，如入無人之境。第三點是強調環境和人物之間的關係，不時對景物作主觀的情感投射和價值判斷。比如長篇累牘先行細數伏蓋之家門面、內室、家具、擺飾的破敗、低俗，爲的便是預告一干男女的心態和命運。

《妒》的特色則在於精確／模糊、唯物／唯心的矛盾並存。全文中沒有關於任何絕對空間的直接說明，只能從故事裡的人物三番兩次談到天氣的話裡，才可以間接獲知故事發生在熱帶性氣候的國度裡；也是由於他們在交談之中提及非洲更熱，所以能夠從反面判斷他們人不在非洲。僕役的膚色、口音固然可供進一步辨認那是法屬殖民地，卻無助於更明確的地理定位。反之，空間副詞和片語——「這裡」、「那裡」、「從這裡到那裡」——又是不勝枚舉。此外，屋宇、農場等各式空間的描繪似乎極盡中性、客觀、精確之能事；木屋的裡外、大部、細部結構詳實，近似建築圖；香蕉園的排列組合、耕種、收割情形一絲不苟，好比是地上作物的清單，了無人味。不過，這些景物顯然又脫離不了個人視線、視野的局限，常常給百葉窗分割成平行的長條。

4

小說處理時空，借重曆法、歷史性事件、地理上的定點等外在的客觀知識，意在創造確有其事、如臨其境的幻覺。而人物的描繪假如加強主角的面貌、身材、衣著、心思、親屬關係、社會背景等枝節的鋪陳，則可以達到栩栩如生、如見其人的目的。《高》文挨門逐戶介紹伏蓋之家全貌的同時，也一一細數生活在其中的男女各自的儀表、身世、胸懷、經濟能力和日常活動，無異有血有肉的眞人。而且，這些人是整個社會的具體縮影，有男女老少、落拓貴族、新興的資產階級、潛逃罪犯、卑劣的僕傭。他們也各自代表現實人生裡的一種典型：貪婪的伏蓋太太是典型的寄宿之家老闆娘、賴姓大學生是新時代的野心少年典型、高老頭是父愛的化身，而他女兒愛慕虛榮一如不計其數的巴黎仕女。掌握當時的整個社會狀況是巴氏的抱負。

《妒》的中心人物看來有兩人。而書中只能斷斷續續找到有關兩人最眼前、最外在、最簡單的資料；這些細節並沒有點明特徵的作用，反倒使人注意到兩人身上短少其他的東西。豐（Franck）有名無姓，做白種殖民者的普通打扮，妻子琦香（Christiane）和小孩幾乎從不露面。另一位婦人名爲「阿…（A…）」，原文不知到底是「安妮」（Annie）之類的縮寫，還是法文26個字母的第一個加上刪節號而已；而她臉上除去兩片若有若無塗上天然色口紅的嘴唇之外，幾乎別無他物。她的頭髮例外，著墨很多，有形有狀、有色有聲、有靜有動，好像是生物。至於兩人的心理狀態，文中不置一詞。就篇幅的長度以及具體性而論，相對於屋宇、農場的描繪，這兩人顯得微不足道。

5

根據傳統的定義，小說有別於其他文類，本質上以敘述故事爲要。基於這個理由，小說的主體應當是直接涉及故事發展的動態情節（action）的敘述（narration）；反之，其他有關空間、人物的靜態性描繪（description）便居於從屬的地位。故事的標準模式則是：有始有末，依循因果的環節關係做漸進式的發展，在接近尾聲時達到高潮；中心故事裡大小事件彼此的關聯和強弱變化還必須組成一條前長後短的上升曲線。

巴氏自己發明三段式的寫法，先對環境及人物作一般性的介紹，然後選擇三五個和主題有密切關聯的代表性事件作重點陳述；劇力聚積到此才倏然爆發。《高》書裡，賴姓大學生輾轉攀上高老頭的次女，一邊慶幸自己登龍有望，一邊驚見高老頭的慘死以及兩名女兒不聞不問的淒涼景況。

有違常理的是，《妒》文裡，靜態景物的描繪遠多於動態情節的敘述。眞正和主要人物有直接關聯也勉強可稱作情節的事件是：阿…計畫搭豐的便車進城，一個去購置急用的雜物、一個去買新卡車；某清晨，一男一女果然結伴出門，卻不聲不響變更原計畫，延遲到次晨才返回各自家中。戲劇性理應最強的當天該夜偏偏語焉不詳、模稜兩可。全書沒有情節進展，甚至幾乎沒有情節，而唯一稍具情節基礎的事件又是個有待塡補的漏洞、中空的核心。其他陸陸續續、反反覆覆出現的是：牆板上一隻忽生、忽死的蜈蚣，阿…和豐不斷在陽台上長坐、喝酒……這類看來毫無意義的瑣事。事件只能在時間中發生、推進；《妒》的故事時間沒有構成一條聯貫的直線，故事本身必然也無法組織成有條理、有邏輯可言的曲線。

二、立我「理」

用傳統的眼光來看，《妒》的時空既精確又模糊，或是因精確而模糊；此外，人物單薄，故事貧乏空洞，整體風格也嫌唯物。不過，全書所呈現的內容實際上又屬於高度個人意識的主觀世界；不僅如此，其中還瀰漫著濃烈、激情的妒夫之妒。如果以廣義的意識問題爲核心重新審視《妒》的時、空、人、事，可以從意識主體「我」在文中的存在方式一直探到這個「我」的意識深處；而這也是正面探討本書精髓之所在的必經途徑。

1

《妒》所選擇的三角激戀，基本上是法國文學裡最通俗的主題；不過，原型倒是由來已久，具有將近千年的歷史。中世紀的傑作《崔斯東與伊瑟之戀》（*Le roman de Tristan et Iseut*），據考證，可能源自英法海峽右岸塞爾特人（Celtes）群居的不列塔尼地區。不過，眞正重要的是，王妃與國王的外甥愛將生死相許的故事，經過十二世紀法國的吟遊詩人多瑪（Thomas）、貝扈（Béroul）等人的文字化和增益，傳遍全歐，號稱是西方人首度透過文學的描述認識情爲何物、「激戀」（passion）何價的開眼之作。霍格里耶的選擇恐怕是追溯傳統的機率少、就近取用通俗題材的成份多；但是，不管採自何者，都只是《妒》借力寫出另成一格的實驗藝術的出發點而已。

文評界常作「第一人稱／第三人稱小說」這樣的劃分；兩者的區別，根據的是故事由主角本人——「我」，第一人稱代名詞——自行陳述，或是讓別人把「他」當做第三者來處理。這種劃分有値得商榷的地方，但不失爲簡便的辦法。《高老頭》無疑的是第三人稱小說；而照理說，《妒》假使不屬於前者便應歸入後者，但卻是或許該新創名詞稱之爲「無人稱的第一人稱小說」才合適的作品。如果合法與否的問題不加考慮，《妒》文中阿…與豐之外的第三者，乍看之下很像便是豐的妻子琦香；然而，事實上卻是阿…近在咫尺但是集存在／不存在於一身的丈夫。因爲她的丈夫絕不曾以自己口中的「我」或是別人眼裡的「他」的語法形式在書中現身，雖然他在文中無所不在，全文也因爲有他才所以存在。

2

霍氏的特殊寫法看似故弄玄虛，其實可以說是應用電影手法挑戰極限的結果。電影／小說之間的關係，較受矚目的議題多半止於電影改編小說的故事情節、小說模倣電影的蒙太奇之類的老生常談。而實際上兩者之間值得優先討論的互動關係也包含有關故事的敘述涉及「觀點」層面的問題。

《高》書的出版年代比照相術的發明（一八二六）晚十來年，卻要比第一部電影的問世（一八九五）早六十年，更要比二十世紀中葉伸縮鏡頭在電影及電視上的普遍應用超前一百二十年左右。而巴爾扎克寫伏蓋之家，就像使用早期的鏡頭運動借重「推」、「搖」的手法，或是晚近的鏡頭自由伸縮一般，先用長鏡頭從高處作大遠景鳥瞰，然後鎖定其中一角，逐步由全景轉換爲跡近局部特寫的近距離描繪。

電影稱之爲「主觀鏡頭」（caméra subjective）的手法和這一類的「全知鏡頭」（姑且名之）相反，具有內在的觀點定位，以故事裡的人物的視角爲視角，以他（或他們）的視野爲視野。不過，電影裡的觀點一般作交叉處理，既非絕對全知，也非純然主觀。倘若是兩人獨處一室，面對面密談，至少會有三種不同的畫面出現：採用「正反對拍」式（champ contre champ）的主觀鏡頭，透過兩人之一互望對方，前後分別呈現其中一人；至於兩人同時入鏡，包括從上下左右多種不同的角度出現在畫面上，則是改用故事裡不存在的第三者卻也是無所不在的局外人的全知觀點所呈現的結果。

《妒》相當於採用主觀鏡頭，文中的「我」——阿…的丈夫——則好比是身上配備輕便型機器的攝影師，或者根本就是攝影機本身。而且，全書的主觀鏡頭可說一無雜質，不曾隨俗進行正反對拍；所以，這位丈夫就像攝影機平常不會在畫面上出現一樣，也沒有成爲鏡頭取景的對象，在文中無名無姓，甚至絕無人稱代名詞的指稱。

文中這名不亮相的主角是阿…的丈夫；他的身分如此，由兩度出現的一件小飾物——她戴在食指上的扁平婚戒——可以間接證實。他自身的存在也是一而再靠他眼前／鏡頭前不同的器皿、物品來表白：比如陽台上靠椅的張數、餐桌上刀叉杯盤使用與否的情形。陽台上擺著四張椅子，阿…和豐各據前兩把，第三把爲豐的妻子預留，「那一把比較不舒服，也是那一把空著」；換句話說，琦香沒來，而第四把也有他本人坐著。阿…替訪客把玻璃杯倒滿干邑加礦泉水，自己則「抓起了第三個杯子」；文中略過不提的第二杯不用說已有去處。

這個「我」存在，而且有行動、有言談、有感覺；不過，他的言談、行動還是借助他走動時眼前／鏡頭前景物的替換、或是對方的答覆來表達。酒水不夠冷必須加冰塊，下人偏又叫不來；妻子的結論是：「我們當中最好有個人去一趟。」可是，雖然「她和豐兩人坐著不動」，下文卻有一段從陽台穿過房屋直到廚房裡去的行程，而且感受到室內的清涼的描繪。「在討論機械的耐用程度的過程當中」，阿…沒有表示意見，並不表示豐一直模擬一個不在現場的第三者的反對意見，在自言自語。

3

「我」無妨用攝影機作比，然而，兩者畢竟截然有別，後者是中性的機器，自身沒有意識，更談不上任何的意向經驗；前者卻是一個有意識活動的主體。《妒》不像《高老頭》，描述的重點不是客觀存在的「外在世界」，而是主觀的「意識世界」；書中的主要內容也可以說就是經由丈夫的「意識作用」所構成的個人「意識內容」。從這個角度來看，《妒》果然和「現象學」有某種程度的關係。

胡賽爾（Edmund Husserl，1859－1938）所創的現象學，關注的是使得知識或是意義所以會產生的主／客體之間的關係；然而，他對屬於客體性質的外在世界、事物既不否定也不作任何判斷，採取的是「存而不論」的態度。他的中心議題是屬於主體範圍的意識指向客體（對象）——所謂的「意向性（intentionalité）」——而構成的世界，目的則在於分析不同的意向經驗並描繪其結構。當然，《妒》並不是哲學理論的故事版，而且，它的涵蓋面從具體的感官經驗一直到下意識的糾結，也超出現象學的範圍。所以，兩者之間沒有一五一十對照求證的必要；也只有借重一方的基本觀念來發掘另一方的特殊內容才有意義。

《妒》書裡，景物、器皿的描繪凌駕人物之上；而且看來不含任何主觀心境或價值取向的成分，唯有最平淡、最客觀的外表形狀、色彩、光影。陽台欄杆的油漆剝落，全然不起任何家道中落或是古色古香之類或哀傷或高雅的聯想，只是很單純的使得「木頭現出灰白以及細縫狀的橫向紋路」。然而，這樣的描繪卻往往屬於極端個人感官化的經驗內容。在霍氏筆下，五官的重要性依序爲視覺、聽覺、觸覺、味覺、嗅覺；其中，嗅覺從缺，味覺聊備一格，而聽覺和觸覺，不過是視覺的輔助官能。

小說和戲劇等兩種文類雖然都以故事爲重，彼此仍然有所區別，一個訴諸舞台的直接呈現、一個採取間接敘述的辦法。話說回來，小說倒也可以有限度的仿效戲劇。英美文學界談小說的技巧，有「講述」（telling）與「展示」（showing）的分辨；展示捨棄講述慣用的簡要交代，夾以從旁解說、置評的方式，轉而盡可能提供最直接、最詳盡的細節，尤其是加強視覺效果，以便經營出舞台現場的錯覺。電影在這方面也可以和小說互相啓發。可是，在這情況底下，視覺往往只是一種呈現（舞台所代表的）外在世界的手段而已，本身並沒有任何特別的意義。

霍氏大量使用展示的技巧，創造出類似電影畫面的視覺效果。不過，視覺本身——包括它的存在、定位、活動、限制——是「我」與自身、與外在世界之間的主要溝通管道。視覺（以及聽覺等官能）是「我」認識外在世界的媒介。換句話說，「我」四周的外在世界——無分人與物——在《妒》文裡並不能自外於他的視覺而獨立存在。

《妒》文一開頭便有許多比如「眼光」、「眼力」、「視線」、「看」、「看見」、「觀察」等名詞與動詞的出現，視覺的重要性可想而知。而阿…在文首第一次出現的段落便是一個很巧妙的視覺活動的例子。「我」先在屋外看見妻子進入臥室，同時看到她的眼光沒有從臥室穿越窗口投向「陽台這個（「我」所處的）角落來」；可是，「當她轉頭的時候」，也就是原來虛擬的視線可能成眞而她因此會看到他在窺視她的時候，丈夫便急急忙忙轉頭調開自己的眼光。於是，這時出現在他眼前、在文中的就是「陽台欄杆厚實的橫杆扶手朝上一面的油漆幾乎已經全脫落了」的景象。然後，在設想她的視線擦身越過欄杆而去時，自己的眼光也接上假設中的妻子的眼光，眞的去看河谷對面山坡地的香蕉林。這時，整棟房子四周的環境才這樣進入他的眼裡、腦海中，也才這樣呈現在書中。

在丈夫的視覺活動之中，妻子是他永不厭倦的首要對象。阿…在臥室裡梳頭的一幕，第一扇窗裡的鏡子呈正面，所以才看得見鏡子把她的眼光向後反映的情形，在第二扇窗裡則是截面，而同一面鏡子接著又以背面出現在第三扇窗裡，那是因爲她丈夫的兩眼以她爲中心，人繞著臥室在外面走一圈，陸續從共計三扇的窗戶逐一向內張望所見的景象。

至於「我」的視線受到限制的情形更是俯拾皆是。其中最頻仍、最顯著的例子，是透過百葉窗或是有瑕疵的窗玻璃所見的人、物等外在世界不完整、遭到扭曲變形的模樣。經過雙重的阻隔，「花園的地面讓欄杆直劃再讓百葉窗橫切，便只剩下一些小方塊，包含總面積的一小部分而已，也許是三分之二的三分之一。」

4

在這些看起來比較正常的情形之外，《妒》書裡還有許多景物不合常理的反覆出現，也有不少不同的空間作突兀的變換、接替。絕大部份的時候，文中的反覆與跳接不能用單純的視覺經驗來解釋，而必須連同時間的問題放在「意識流」的範圍裡去看才明白。

說到「意識流」（Stream of consciousness），首先讓人想到的大概是寫《尤里西斯》（Ulysses，1922）的愛爾蘭作家喬依思（James Joyce，1882－1941）；恐怕少有人知道在他之前三十多年，早已有個法國小作家瞿嘉澹（Edouard Dujardin）出版《桂樹已伐》（Les lauriers sont coupés，1888）給過他啓示。後者眼看前者備受讚譽，忍不住撰寫一部理論性的《內心獨白》（Le monologue intérieur，1925），道出這層關係。書中拿內心獨白和電影相比，因爲那是當事人「我」一種源源不絕、沒有間歇的意識活動的直接展示。而且，雖然稱爲意識活動，卻已進入意識較深處、當事人所不自覺的層次。這時的活動包括紛至沓來、含混模糊的意念、聯想、感覺、情緒反應。內心獨白和意識流如果有所不同，區別或許在於前者依定義，寫的是這樣的意識活動已經語言化，但語言還停留在乍現初生、未經組織的階段；而後者卻往深處再推幾分，到達語言、影像、聲響並存、交雜，尙未全面語言化的階段。

《高老頭》和《妒》在時間方面有重大的差異，一個用過去式，一個用現在式，一個能、一個不能重新組織。前者的重點在故事，不管是偏好絕對或相對時間，有可能也有必要重組的是屬於過去的事件本身、屬於客體世界的時間順序。而後者的混亂其實已經是一種秩序，不過那是事件在意識中初現和再現的次序，是屬於主觀經驗性質的時間順序。

《妒》的意識內容比較接近意識流而非內心獨白，因爲全文並不盡是「我」的意識活動語言化的結果。此外，至少也有一點不完全符合內心獨白或意識流的定義：當事人的意識活動並非只能劃歸他本人不自覺的層次。原則上，自覺的程度越高，語言化的可能性越大，反之亦然。文首捕追妻子眼光的視覺活動顯然是自覺的意識活動；計算香蕉樹更必須是自覺的行爲。把蜈蚣和妻子聯想在一起的部分則應當比較貼近意識流的定義。而這一類的意識活動在文中往往以古怪的反覆、突兀的跳接的方式表現，一般也具有悄悄推進情節進展的作用。

阿…的頭髮背光時棕紅的色澤、輕微的顫動、梳理時發出的嗶剝聲，以及蜈蚣受到驚嚇時嘴裡發出的聲響、頭上一對觸鬚左右交替的擺動、踩爛時的顏色……這兩組細節本來散置文中，相隔甚遠，可是在突兀再現的同時逐漸靠攏，所用的字彙也慢慢相像，以至於阿…和蜈蚣的形象最後合而爲一。同時，蜈蚣在丈夫的意識中忽而以打死之前的原體再現、忽而以打死多時以後留下來的汙跡重現，也在他的意識裡變形、膨脹，變成碩大又有劇毒的一種，飯桌上盤裡的烤鳥也因此幻化成容易和蜈蚣聯想在一起的活生生的螃蟹……至於撲打、踩爛蜈蚣的一幕在丈夫的原始印象中，是阿…、豐、丈夫自己三人在家裡用餐當中所發生的一件小事。可是，經過丈夫好比夢境的想像作用，豐用來打死蜈蚣的工具不再是餐巾而是捲成一團的毛巾，阿…的兩手也不再因爲緊張而在桌巾上卻是在床單上抓出指印；同樣的，豐在事成之後並未走回餐桌而是鑽進床裡去。幾個字一改動，原來沒有特殊意義的瑣事赫然轉變成阿…和豐兩人相偕進城一夜未歸，在旅館鬭室同床共眠的前奏。

5

這類在丈夫的意識裡產生的變化有一個心理上的因素，那就是妒夫之妒；而且也有一部分是在妒夫的下意識裡、在類似夢境的狀態中完成的行爲。

根據佛洛依德（Sigmund Freud，1856－1939）的分析，夢是實現欲望的手段。經由濃縮、轉化、易位等程序，夢可以把不同的意念和眞實記憶的片斷重新組合，處理成有如戲劇一般，富於視覺效果的具體情境；而在這樣的過程當中，夢也可以使用象徵性的景物來僞裝原來的欲望。假使夢的表面意義和隱含意義之間有重大的差距，那是因爲借助夢境來實現的欲望平時受到壓抑，埋藏在下意識裡，一旦利用意識的過濾作用鬆弛的機會冒上來，也必須改頭換面才能在意識的層次裡出現。

《妒》全文裡沒用一個「我」字來指稱這名丈夫，但丈夫在全文中無所不在。全書的內容甚至盡是他的視覺（及其他感官的）活動、是他自覺與不自覺的意識活動的內容。關於筆下人物的心理狀態，霍氏也差不多未置一詞。可是，書中其實也充滿「我」某種縈迴不去的念頭、一種帶給「我」莫大焦慮的猜疑……這類情緒的直接展示。

文中有關心境的形容詞絕無僅有，只在豐家的僕役受女主人琦香之命前來阿…家打聽兩人的下落時才接連出現。報信的黑人只用一個「煩」字，丈夫卻據以引伸出「不安」、「鬱鬱不樂」、「煩惱」、「擔心」、「忿怒」、「嫉妒」、「絕望」等不同種類、不同輕重的詞彙。這些詞彙表面上是丈夫爲對方的妻子琦香設想的心境，但私底下恐怕更能代表他自己的情緒反應。

在丈夫的視覺活動之中，他個人永不厭倦的投射對象是阿…。而他的心理活動，不管是在哪個意識層次，也總是以妻子爲中心；事實上，他的視覺就已經和他的心理活動緊密牽連。他的兩眼時時追逐著阿…，頻頻在捕捉她的言行、笑容，有可能只算（過度）關心，也可能是對她的行徑產生懷疑的表示。她和豐閱讀同一本小說，三番兩次在丈夫面前談起來。豐提到書中丈夫的行徑，「我」沒聽懂，倒是立刻注意到她「對著他很快的笑了一笑」，頗爲曖昧。他雖然立刻在心中自我修正道：「不，一閃而過的笑容恐怕只是燈火的一個反光，或是一隻飛蛾的投影罷了」，反而欲蓋彌彰，更顯得他果然在猜疑兩人有不可告人的默契。

《妒》書裡隨處可見若有若無、似是而非／似非而是、微妙已極的暗示。而他的猜疑也必須等到兩人外宿未歸那天才化暗爲明。就重要性而論，當天當夜是全文情節的核心。不過，核心並非果然中空，情節裡的漏洞在文中其實已經塡滿。不過使用的材料並不是外在世界的客觀事實，不是兩人到旅舍投宿的實際行爲。相反的，使用的還是全文一致的主觀材料：他自己的幻想。塡補出來的上半段內容，以打蜈蚣作爲同床共眠的前奏那一幕，相當澄澈，不像下半段以車禍爲內容的那一幕那樣，具有較爲晦澀的象徵性僞裝。他之所以需要用到象徵，也許該解釋爲他不敢正視也不肯承認自己內心的癥結。

豐的黑人司機有次在回返農場的爬坡路上卡車拋錨，竟然「企圖發動馬達倒車，不顧轉彎不愼撞上樹的危險」。這段經過一再成爲他到阿…家閒聊的話題。而他之所以進城，目的也在於添購新卡車。「我」在家裡等阿…回來的時候不時豎起耳朵傾聽響起的是不是豐的轎車車聲，也多少有點擔心兩人不幸在半路上出問題。這些零散的片斷加上他心中的癥結，轉變成開車如做愛／做愛如開車一般加速、衝撞的一幕。顛簸、黑洞、樹、撞擊、火……並不是什麼罕見又費解的象徵。豐急欲趕往的目的地不是兩人之一的家，而是床、是阿…的身體；他換檔加速的也是自己的身體上下起伏的動作。阿…的貞潔倒像是幸獲保住，因爲他居然要躲開路中央的黑洞。不過，兩人似乎還是達到具有熊熊烈火之勢的高潮。丈夫對兩人暗通款曲的猜疑終於在這裡靠自己的想像力圓滿實現。當然，這一段文本未嘗不能另作進一步的詮釋：汽車起火爆炸可以象徵性行爲的熱烈，也可以代表丈夫對兩人施加報復、置諸死地的欲望終獲實現。婚外三角關係的故事情節也在這裡出現結局。

6

說到象徵，不能不回頭去看一字雙義的問題。“Jalousie”可作「妒」兼作「百葉窗」解。這字在書中的不少文句裡往往也暗藏雙重的意義。飲料不夠冷，丈夫於是起身穿過屋子走到廚房去叫小弟送冰塊；回來的途中，他原本可以直接走到陽台上阿…和豐兩人的身邊，可是受妒念所驅，於是先進臥室，透過百葉窗／妒念窺看兩人是不是有異常的言語、動作。「臥室既然空了，就沒任何理由不打開百葉窗」，這話甚至可以直截了當讀成：妻子既然不在，就有理由開啓妒念。

善妒的丈夫習於透過兩眼不斷的追逐屋裡的妻子；一刻不見，心中馬上假想的也是妻子可能逃逸的路線。妻子一旦出門，而且還是隨同男性友人遠去城中，平常觸目所及盡是斑斑點點的丈夫，這時尋找刀片（lame）想要刮除的，恐怕不只是蜈蚣留在牆上的屍痕，而也包括被他懷疑行爲不端的妻子身上的污點。畢竟他是一個會在百葉窗的葉片（lame）平放露出鋒面（tranchant）時，看到自己妻子的身影「在她臥室窗後被百葉窗（妒念）橫著分割成薄片」的丈夫。「刀片」、「葉片」不僅同字，也有相同的「鋒面」。

妻子一夜未歸未歸，丈夫在屋子裡外漫無目標的穿梭，其實和眼前繞著光源作圓形或橢圓形飛翔的無知昆蟲沒有兩樣。屋裡還有自己以及一群僕役在，但是因爲妻子不在，感覺上竟是「現在房子空了」、「整棟房子全空了」。看似中性的事實陳述，何嘗不也是無聲的、寂寞的吶喊？靜態的唯物窗景無處不見唯心而且糾纏難解的意識活動，不見一個隱藏在純粹物質的百葉窗／無人稱的文本後面爲愛所困、爲妒所苦的丈夫。只要讀者願意發揮適度的想像力，就會發現霍格里耶並沒有愧對激戀的文學傳統。

n

閱讀霍格里耶的作品必須解放想像力，因爲個別的作品內部已經充滿曖昧、矛盾，充滿不同的遊走空間，何況作品與作品之間還有多變不一的特色。比方《妒》書借由電影鏡頭的觀念切入，固然具備相當的說服力，可是利用音樂曲式的概念另行閱讀，又會是另一番風貌。探究文學的「音樂性」，如果僅限於詩歌的念唱、詩句的音韻之美，完全忽略小說的書寫可以類似特定的「樂種」或「曲式」，終究有所不足。就本書而論，阿…、蜈蚣、車、進城……便如「多聲部」（polyphonie）樂曲的「主題」（sujet）一樣，各自在本身的反覆與變化、重複與變奏之中發展，並且在彼此穿插出現的途中互動、互滲，以迄最後組成一個撲打蜈蚣／阿…＋上床＋衝撞＋車禍＋熊熊烈火的綜合變奏。

此外，本文從敘述語法的角度出發，結合現象學，加入意識流、精神分析的觀念，已經頗能呈現《妒》書的豐富；然而，只要繼續延伸，發現的又會是霍格里耶對理性主義、對人類自以爲足以經由自以爲充分具備、完全掌握的「理性」（raison）認識自己、看清世界的質疑。文中的丈夫高度規劃、完全掌控香蕉園的慾望和努力註定會讓香蕉樹不規則的生長模式所攪亂。費盡力氣和心機緊迫監看妻子的一舉一動，換來的是不斷的猜疑和臆測，根本無助於「眞相」的瞭解。百葉窗本身包含開／關的矛盾；而且，縱然「洞」開，一「洞」的格局基本上還是一種侷限。「光」（lumière）在法文裡如此，在世界上多數的文化裡象徵的大概也都是「智慧」；可是《妒》書裡打從四面八方射來的光線，反而引起在室內行走的丈夫失去景深、距離感的困擾……

這樣的文本詮釋的終點何在？也許就看各人的想像力有多少自由、幾時到達盡頭了。當然，最好是沒有盡頭！

原載《聯合文學》「法國『新小說』專輯」，一九八八年七月號
一九九七年十月修訂

霍格里耶作品年表

(1)文學：

《橡皮》*Les gommes*, 1953（小說，以下同類作品不另注明）

《窺視者》*Le voyeur*, 1955

《妒》*La jalousie*, 1957

《迷宮》*Dans le labyrinthe*, 1959

《去年在馬倫巴》*L'année dernière à Marienbad*, 1961（電影小說：ciné-roman）

《快照》*Instantanés*, 1962（短篇集）

《不死女》*L'immortelle*, 1963（電影小說）

《為新小說辯》*Pour un nouveau roman*, 1963（論述集）

《幽會屋》 *La maison de rendez–vous*, 1965

《紐約革命計畫》 *Projet pour une révolution à New–York*, 1970

《歡愛漸尋漸遠》 *Glissements progressifs du plaisir*, 1974（電影小說）

《虛幻之城地勢學》 *Topologie d'une cité fantôme*, 1976

《殺王》 *Un régicide*, 1978（1949 年完稿）

《金三角回憶》 *Souvenirs du triangle d'or*, 1978

Titus–Carmel, Maeght, 1981

《精》 *Djinn*, 1981

《鏡光回照》 *Le miroir qui revient*, 1984（自述，下同）

《安潔莉，魅惑》 *Angélique ou l'enchantement*, 1988

《科林特的最後時日》 *Les derniers jours de Corinthe*, 1994

(2)電影：

《去年在馬倫巴》 *L'année dernière à Marienbad*（霍格里耶分鏡劇本，雷奈— Alain Resnais —導演），1961

《不死女》 *L'immortelle*（霍格里耶自編自導，以下皆同），1963

《歐洲特快車》 *Trans–Europ–Express*, 1966

《撒謊之男》 *L'homme qui ment*, 1968

《伊甸園其中其後》 *L'Eden et après*, 1971

《歡愛漸尋漸遠》 *Glissements progressifs du plaisir*, 1974

《N拾起骰子》 *N a pris les dés*, 1975（《伊甸園》打散重組的電視版）

《戲火》 *Le jeu avec le feu*, 1975

《美女俘虜》 *La belle captive*, 1981

《牌聲，牌聲》*Le bruit qui rend fou*（英文標題同《幽會屋》：*The Blue Villa*），1995（與新進導演 Dimitri de Clercq 共同執導）

中國人叢書

11001	中國人的性格	李亦園、楊國樞編
11002	中國人的心理	楊國樞編
11003	中國人的蛻變	楊國樞著
11004	中國人的管理觀	楊國樞・曾仕強編
11005	中國文化的展望(上)	殷海光著
11006	中國文化的展望(下)	殷海光著
11007	五四運動史(上)	周策縱著
11009	中國思想傳統的現代反思	韋政通著
11010	中國佛教與傳統文化	方立天著
11011	現代化與中國化論集	楊國樞等編著
11012	中國人的心理與行為(1989)	楊國樞主編
11013	中國道教史(上)	任繼愈主編
11014	中國道教史(下)	任繼愈主編
11015	中國古代氣功與先秦哲學	張榮明著
11016	近代中國工業發展史	張玉法著
11017	中國人的價值觀—人文學觀點	沈清松編
11018	中國人的價值觀—社會科學觀點	楊國樞編
11019	中國人的心理與行為：理念及方法篇(1992)	楊國樞、余安邦主編
11020	中國人的心理與行為：文化、教化及病理篇(1992)	楊國樞・余安邦主編

古典新詮系列叢書

85600	①中國哲學寓言故事(一)	嚴北溟編
85601	②中國哲學寓言故事(二)	嚴北溟編
85602	③中國哲學寓言故事(三)	嚴北溟編
85603	④中國哲學寓言故事(四)	嚴北溟編
85604	⑤太陽英雄神話的奇蹟(一)	蕭　兵著
85605	⑥太陽英雄神話的奇蹟(二)	蕭　兵著
85606	⑦太陽英雄神話的奇蹟(三)	蕭　兵著
85607	⑧太陽英雄神話的奇蹟(四)	蕭　兵著
85608	⑨太陽英雄神話的奇蹟(五)	蕭　兵著
85609	⑩中國古史故事	桂冠編輯部編譯
85610	⑪中國神話故事	桂冠編輯部編譯
85611	⑫中國古代十大悲劇(一)竇娥冤	李咏梅等編寫
85612	⑬中國古代十大悲劇(二)琵琶記	何開發等編寫
85613	⑭中國古代十大悲劇(三)長生殿	沈家莊等編寫
85614	⑮中國古代十大悲劇(四)桃花扇	復　山等編寫
85615	⑯中國古代十大喜劇(一)西廂記	余慶華等編寫
85616	⑰中國古代十大喜劇(二)幽閨記	莫道才等編寫
85617	⑱中國古代十大喜劇(三)玉簪記	李平科等編寫
85618	⑲曹操新傳	章映閣著
85619	⑳諸葛亮新傳	章映閣著
85620	㉑李自成新傳	謝承仁著

古典小說全集(精裝)

85720	喻世明言	馮夢龍(明)
85721	警世通言	馮夢龍(明)
85722	醒世恆言	馮夢龍(明)
85723	拍案驚奇	凌濛初(明)
85724	二刻拍案驚奇	凌濛初(明)
85725	三國演義(上)	羅貫中(明)
85726	三國演義(下)	羅貫中(明)
85727	封神演義(上)	許仲琳(明)
85728	封神演義(下)	許仲琳(明)
85729	東周列國誌(上)	余邵魚(明)
85730	東周列國誌(下)	余邵魚(明)
85731	平妖傳	馮夢龍(明)
85732	水滸傳(上)	施耐庵(元、明)
85733	水滸傳(下)	施耐庵(元、明)
85734	水滸後傳	陳　忱(淸)
85735	西遊記(上)	吳承恩(明)
85736	西遊記(下)	吳承恩(明)
85737	金瓶梅(上)	笑笑生(明)
85738	金瓶梅(下)	笑笑生(明)
85739	十二樓	李　漁(淸)
85740	說岳全傳	錢　彩(淸)
85741	白話聊齋	蒲松齡(淸)
85742	儒林外史	吳敬梓(淸)

妒

桂冠世界文學名著 102

總策劃／吳潛誠

原　　著〉霍格里耶
(Alain Robbe-Grillet)
翻　　譯〉劉光能
執行編輯〉王存立
出　　版〉桂冠圖書股份有限公司
發 行 人〉賴阿勝
地　　址〉台北市新生南路三段96之4號
電　　話〉(02) 2193338•3631407
電　　傳〉886-2-2182859•2182860
郵撥帳號〉0104579-2
登 記 證〉局版台業字第1166號
排　　版〉友正電腦排版股份有限公司
印　　刷〉海王印刷廠
初版一刷〉1997年10月

ISBN 957-551-997-3
定價〉新台幣 200 元

國家圖書館出版品預行編目資料

妒／霍格里耶（Alain Robbe-Grillet）原著；
劉光能譯，劉光能導讀．--初版．--臺
北市：桂冠，1997［民86］
　面；　公分．--（桂冠世界文學名著：102）
譯自：*La jalousie*
ISBN 957-551-997-3（平裝）

876．57　　86012614